KB005970

가시래기

짧은 기억과
긴 인생

"인생은 짧고 예술은 길다"라는 말이 있다. 흔히 예술 활동하던 사람들이 그림이 안 팔리거나, 글을 못 써서 형편없는 예술가라는 소리를 들어도 이 말 한마디를 덕담으로 건네며 위로와 희망을 품었다. 이 말은 원래 히포크라테스가 "의술을 익히고 수련하기 위해서는 오랜 시간이 필요한데, 그 과정에 비해 인생은 짧다"라는 취지에서 말한 것이라고 한다. 그리고 세네카가 히포크라테스의 말을 인용한 것이 잘못 번역되어, 예술이 인생의 길이를 넘어서 무한성을 지닌다는 의미로 정착하게 되었다.

어찌 되었든 "인생은 짧다"라는 것을 말해준다. 그 짧은 인생에 있어서 한 사람, 한 사람이 갖는 기억은 더욱 짧다. 그러나 개인에게 특히 삶의 언저리에 있는 사람들에게 '짧은 기억'은 짧기만 하지 않다. 오히려 한 개인적인 삶의 전부이기도 하고 긴 인생이기도 하다. 소설 "가시래기"는 그러하다. "가시래기"에는 비록 짧은 기억들을 담고 있지만, 그 짧은 기억이 개인 삶 전부인 것이다.

"아이를 입양 보낸 엄마와 그 엄마를 찾는 아이", "사남매의 생계를 잇기 위해 나섰던 일", "일제강점기 일본인 선생님과 선생님이 찾는 학생", "도시에서의 사업 실패와 셋방살이", "학교 소사와 학교에서의 새벽 결혼식" 등 "가시래기"에 수록한 단편들은 짧은 기억이지만, 그 기억을 경험하거나 소유한 개인에게는 무겁고 긴 삶 자체이기도 한 것이다.

그렇다. "가시래기"는 짧은 기억들을 모아놓았지만, 글 속 주인공들에게는 무겁기도 하고, 어렵기도 했던 삶이고 길었던 인생이다. 그 인생을 읽는 사람들에게는 "예술은 길다"라는 말처럼 긴 여운과 감동을 줄 수 있는 그런 이야기다.

세명대 미디어문화학부 최명환 (문학박사)

별별 이별

'가시래기'는 저자가 이별을 주제로 썼다. 지난번 수필집 '집 나가고 싶다'에 이어 또 이별이라니 순간 웃음이 나온다. 추천서는 설교를 작성하는 것보다 어렵지만, 이로 인해 이별에 대해 깊이 생각해 보는 시간을 갖게 되었다.

우리는 수많은 이들을 만나면서 또 이별하며 살아갈 수밖에 없는 인간이다. 이별이란 슬픔을 안고 있다. 영원한 이별로 부모나 가족을 떠나보내는 아픔이 있다. 사랑하는 연인과 헤어짐 그리고 환경과 성향이 전혀 다른 배우자와 결혼하고 다시 헤어지고, 또 어쩔 수 없거나 이해할 수 없는 갖가지 아픔들을 만나게 된다.

이별의 원인은 두 가지라고 생각한다. 관계를 맺은 사람이 잘못해서 하는 이별, 누구의 잘못도 없지만, 죽음이나 전쟁 같은 이유로, 한 개인이 어떻게 할 수 없는 이별이 있다. 어떤 이별이든 후회와 아픔이 따르기 때문에 평소에 최선을 다해 사랑하고 섬겨야 할 것이다.

이번 소설 속에는 가난하게 살아야 했던 고초와 여자로서의 설움과 한(韓), 그리고 이별이 가득하다. 독자들은 이 책을 통해 아린 이별을 간접적으로 경험하면서, 내 주위에 있는 사람들을 좀 더 섬기고, 참아주고, 사랑하기를 소망한다.

이 동 성(명락교회 목사)

고백

날마다 이른 아침이면 눈 창을 열고 자정이 되어야 눈을 붙이며 나름 열심히 산다고 생각했습니다. 금에는 순금, 소금, 지금이 있지만, 나에게는 지금이 더 중요하다고 서둘렀던 게 사실입니다.

무수히 많은 날을 되돌아보면, 앞만 보려다 옆을 놓쳐버리고, 뒤를 새카맣게 잊어버리는 어리숙함을 이제야 깨달아봅니다. 한 사람이 온다는 것은 어마어마한 일이고, "한 생명이 천하보다 귀하다"라고 성경에서 일러주었습니다. 이제 달려온 걸음을 조금 더 느리게 하며 사랑과 아픔을 가슴에 담아 노래를 부르렵니다. 높은 산에 올라 더 먼 곳을 바라보는 눈을, 그리운 바다를 보며 넓은 마음을 열고 용서와 화해를 배우는 진실함을 닮고자 합니다.

어느 날 손톱 옆에 눈곱만한 살 가시가 무척이나 아팠습니다. 우리에게도 가시래기처럼 아픈 이별을 좀 더 아름다운 추억으로 꾸미고자 이별의 편지를 부끄럽게 띄웁니다.

지금까지 살아오면서 다양한 이들의 삶을 보고 들은 옛일을 바탕으로 글을 썼고 가난하고 힘들었던 시절의 추억을 떠올리며 이야기를 만들었습니다. 왜 그렇게 오래된 이야기를 하느냐고 물으신다면, 저는 마땅히 할 말이 없습니다. 다만, 저는 아리고 아프지만, 소중하고 빛나는 추억을 들려주고 싶었던 것 같습니다.

글 속에서 주인 되신 님... 말의 언저리를 일러주신 몇몇 분들께 고마움은 전합니다.

천국의 아버지, 이 땅의 어머니 고맙습니다. 하나님, 사랑합니다.

우애자 단편소설집

가시
래기

목 차

가 시 래 기

1

그아이

1

※ 그아이

방에서 거실로 나오자 환기를 시키기 위해 열어놓았던 창문은 밤이라고 일러주었다. 커튼은 방향을 잃은 채 바람에 휘둘리고 있었고, 밖에는 이미 고요함도 펼쳐 있다. 8시를 알리는 시계를 보며 오늘은 TV 안에서 또 무슨 일이 벌어졌을까? 리모컨을 집어 들자, 조용함을 깨트리는 전화기에서 요란함을 내 세웠다.

"여보세요? 혹시, 김희영 씨인가요?" 걸려온 수화기 안에선 무게감을 싫은 저음으로 남자는 국어책 읽듯이 천천히 물어왔다. 왠지 가슴이 조여 오듯 불쾌감을 느끼면서 침착하게 "네"라고 짧게 답하자, "18년 전 아이를 아동 보호소에

맡기신 적 있으시죠?" "네?"라고 한 후 마음과는 달리 "무
슨 말씀이세요?"라고 마치 기억에 없었던 남의 일처럼 물었
다. "그 아이가 미국에서 엄마를 찾으러 한국에 왔습니다."

 순간 '아, 미국으로 보내졌구나!' 가슴이 벌렁거려 숨도 제
대로 쉴 수가 없었다. 밖에선 남편의 구두 발소리가 들려왔
다. 아무렇지도 않은 척 "저 그런 사람 모릅니다"하고 수화
기를 놓치듯 놓아 버렸다.
 혼란한 감정을 억제할 수가 없어 화장실로 들어가 좌변기
물을 몇 번이고 내리고 찬물을 얼굴에 퍼부었다. 하지만 달
구어진 심장박동은 멈출 줄 몰랐다. 화장실 문고리가 돌아
가는 소리에 소스라치게 놀라며 배가 아프다고 하면서 웅크
리고 앉아있었다.
 희영은 남편의 손에 이끌려 침대에 이불을 쓰고 누워 눈
을 감았지만, 창문을 흔드는 세찬 겨울바람과 고양이 울음
소리에 눈은 퉁퉁 부어올랐다. 검은 밤은 하얗게 다가왔다.

 호준이와 불장난이 가져다준 흔적이 가슴 한편에 애잔하
게 남아 아리지만, 잊어야만 했던 날들이다. 하지만 이렇게
정면으로 맞서게 될 줄은 꿈에도 몰랐다.
 길고도 힘든 밤이었지만, 정신은 지칠 줄 모르고 과거를

부둥켜안고 아침을 맞았다. 초등학교에 다니는 아이들을 서둘러 학교에 보내고 여느 아침처럼 "여보, 오늘은 어디로 출장 가요? 잘 다녀오세요"라고 하며 웃음을 담아 보내는 희영이 애교는 여전히 만점이었다.

문 닫히는 소리와 함께 신발장을 붙들고 울음이 터져 나왔다. 아무리 생각해도 어제저녁 그 남자 전화에 몸서리치도록 슬퍼해야만 할 문제는 아니었다.

'우리 집 전화번호는 어떻게 알았지?' 마치 적군에 포위된 알몸과도 같았다. '그래 18년 전 내 나이도 열여덟 살이었지.' 주저앉아 바닥을 치며 "지금에 와서 어떻게 하라고? 가정을 꾸리고 사는데 어쩌라고!"라고 소리치며 다시 울기 시작했다.

거실로 들어서자 눈물이 발등으로 떨어지는 것을 느끼면서, 플라스틱 바가지를 힘껏 내리쳤다. 바가지는 뒹굴다가 아무렇지도 않은 척 엎드려 누워버렸다. 가수 김국환의 "우리도 접시를 깨트리자"라는 노래가 순식간에 머리를 때렸다. '하지만, 접시를 깨트린다고 뭐가 달라진단 말이야.' '감당'이란 단어가 절실했다.

인천에 사는 언니에게 전화하자 벨 소리는 저만치 가고 있는데 "지금은 전화를 받을 수 없습니다"라는 얄미운 목소리만 이어져 나왔다. 더 조바심이 났다.

입의 기계가 제대로 작동되지 않는 파열음으로 울음을 동반한 채 언니에게 떠듬거렸다. 두 시간 지나 달려온 언니는 검지로 전화기를 돌리는 손뿐만 아니라 온몸이 떨고 있음을 희영이에게도 옮겨왔다.

"저, 어제 전화하신 그 남자분 계세요?"라고 떨림을 같이 하자 "아! 네, 오산부인과 원장입니다"라는 목소리가 들려왔다. 희영은 다시 놀랐다. '아, 그 산부인과 의사, 머리는 뒤로 빗어 넘겼고 눈은 자그마한데 안경을 써 인물이 돋보이고 배는 안 나왔지만, 멜빵을 맸었지.' 그때 모습을 또렷이 기억해냈다. 희영이가 아이를 버려두고 온 병원의 그 의사가 아직도...

불신의 모양새가 들킨 혐오스러움이 희영이를 덮쳐왔다. 언니는 내 의사와 상관없이 무지개 다방으로 간다고 냅다 약속을 잡아버렸다. 선택의 여지가 없었다. 희영이는 옷장 문을 열었다.

'딸 아이가 어떤 옷을 좋아할까? 빨간 코트에 검정 바지 아니면 흰색 반코트에 체크 무늬 치마 아니야, '나를 버리고 잘도 사는군!' 할지도 몰라. 스웨터에 고무줄 바지 그럼, 가난하게 산다고 여길까? 어떻게 해야만 나를 이해할까?'

아무리 생각해봐도 그 애가 어떤 옷을 좋아하는지 알 리가 없다는 것을 깨달았다. '열여덟 살이라 자연색을 좋아할 나이는 지났고, 인공 색을 좋아하겠지!' 카키색 패딩을 입고 바지는 밤색으로 결정했다.

출근하는 남편 등 뒤에서 "저 외출해야 해요. 동창들이 갑자기 모인다고 하네요"라고 하며 거짓을 포장해 통보했다. 버스 차창 밖으로 내리는 가느다란 눈은 중심을 잃은 채 흔들리고 있었다.

드디어 무지개 다방 앞에 도착했다. 이 층 창문을 올려다보자 이상한 세계에 진입해야 하는 부담감에 짓눌렸다. 오랜만에 신은 구두 굽 소리를 죽이기 위해 발에 최대한 힘을 주고 나무계단을 조심스레 올라가고 있지만, 심장은 제대로 뛰고 있는지 조여왔다.

고개를 숙인 채 빼꼼히 상체를 디밀자. 산부인과 원장님의 낯익은 얼굴이 들어왔다. 머리가 벗어지고 허리는 더 굵어져 아직도 멜빵은 그대로 하고 있었다.

그 의사를 보는 순간, '이 세상에 이처럼 부끄러운 일이 또 있을까'라는 생각에 엎드려 사죄하듯 무리 앞에 서야만 했다. 코가 큰 남자는 갈색 안경을 쓰고 있었고 부인은 노란 곱슬머리에 미모가 뛰어났지만 파란 눈이 무섭기까지 했다. 그러나 입을 열어 웃는 모습에 다시 착해 보였다.

원장님은 '미셸'이라고 소개했지만, 오래 묵은 죄인은 차마 고개를 쳐들 수가 없었다. 눈물이 왈칵 쏟아져 앞을 가렸다. 원장선생님은 "희영 씨, 여기 앉으세요"라고 하며 의자를 내밀었다. 그리고 미셸 아버지, 어머니, 오빠 이렇게 소개가 이루어졌다.

미셸은 손수건으로 희영의 눈물을 닦아 주며 뭐라고 말을 했지만, 알아들을 수 없었다. 눈물 사이로 보이는 딸 아이 눈꼬리에 눈물방울이 달랑거렸다. 이국적인 분위기, 순간 내 딸이 아닌가 하고 의심을 하고 싶었으나 산부인과 원장이 보증서처럼 앉아있었다.

딸아이는 "아~ 아~ 안녕하세요. 어머니, 감사합니다"라고 하며 어린아이처럼 더듬거리더니 "처음 보겠습니다"라고 했다. '딸이 엄마를 보고 '처음 뵙겠습니다'라는 말도 하는구나!'라는 생각을 하며 얼굴을 자세히 보았다. 호준이를 닮은 큰 키와 갸름한 얼굴에 윤기 나는 희영의 머릿결, 두 사람의 좋은 점만 골라 닮은 탐나는 인물이었다. 갑자기 아깝다는 생각까지 들었다.

시드니에 사는 양부모는 둘 다 변호사라고 했다. 남편은 어려서 부모님이 아들 하나만 키워서 다른 집에 여러 형제가 있어 부러웠다. 하루는 친구와 싸우는데 그 애 편을 들어주는 형 때문에 나도 형이 있다고 큰소리치자 데리고 오라고 닦달해서 집에 있던 곰을 가지고 나갔던 적이 있다고 하자, 모두 한바탕 웃었지만, 희영은 눈물과 함께 웃음이 나왔지만 웃는 것조차도 사치라 여겨 숨죽여 미소로 대신했다.

그러나 변호사 내외는 아이가 없어 기필코 한국에서 입양하기로 한 것은 외조부께서 한국에서 군 생활을 했던 인연이 있었기 때문이다. 세 아이 모두 한국 아이였고, 미셸은 막내였다.

하지만 오빠들과 달리 피아노, 플루트, 운동, 웬만한 건 다 잘해 내는 보기 드문 인재였다. 몇 개 대학에 장학생으로 합격해 어서 오라고 하는 때였다.

양부모는 도대체 친부모님이 어떤 사람이기에 우리 미셸이 이렇게 똑똑한지 몹시 궁금했다며, 7년 전에도 미셸 친부모님을 찾아주려고 오산부인과에 왔었지만, 못 찾고 갔다는 아쉬움을 토로했다.

미셸은 학교 다니면서 3등 이하로 내려간 적이 한 번도 없었다. 한국이 어디인지 모르는 아이들이 "꼬리아"라고 놀리는 바람에 내가 할 수 있는 건 저들보다 무엇이든 열심히 했다는 그녀의 아픔이 뼛속까지 파고들었다.

고등학교를 입학하고 봄이 되자 해가 길어지면서 버스에 탄 학생들 얼굴이 차츰 보이기 시작했다. 차가 더 이상 갈 수 없는 종점에 다다르자 남학생 두 명, 여학생 세 명이 함께 걸어가야 했다.

아직은 낯설지만 같은 방향이다 보니 학교와 친구 이야기를 나누며 봄꽃 냄새를 맡기도 했다. 비가 오는 날이면 우산도 함께 쓰지만, 갑작스레 소나기가 내리면 다리 밑에서 멈추기를 기다리다가 갔다.

뜨거운 여름 토요일 오전 수업이 끝나고 돌아가는 날이면 머리가 불에 익는 것 같아 나무 그늘로 피해 개울에 발도 담그며 놀다 가는 날도 더러 있었다.

한 학기를 마치자 남학생, 여학생 두 명이 도회지로 전학 가고 남학생 한 명과 여학생 두 명이 남게 되었다. 남학생 호준이는 두뇌가 뛰어나 영어와 수학을 모르면 길바닥에 나무 꼬챙이로 그려가며 가르쳐 주었다.

두 여학생은 때로는 고구마를 삶아와 같이 먹자고 하고, 또는 학용품을 사서 건네는 둥 보이지 않는 경쟁자가 되었다. 서로 호준이와 집에 같이 가려는 눈치다. 2학년이 되자 호준이는 전교 회장이 되었고 희영은 호준이 보다 실력은 떨어지지만, 그래도 전 학년에서 10등 안에 들어 부회장이 되었다.

그러다 보니 자연히 학교 임원으로서 좋은 의견을 나누기도 하고 만나는 횟수도 늘어났다. 여름 방학은 지났지만 9월도 여전히 더웠다. 함께 다니던 친구가 그날따라 캠핑하러 가는 바람에 둘이서 버스를 타게 되어 집으로 가는 길에 갑자기 하늘이 어두워지더니 천둥 번개가 몰아쳤다.

무섭다는 희영이를 비어있는 집으로 데리고 들어갔다. 좀채 비는 멈추지 않았고, 호준이는 춥지 않게 해 줄게 하면서 껴안은 것이 한 생명을 품게 된 것이다.

2월이 되었다. 배는 점점 불러와 더는 감출 수 없을 정도가 되자 전라도로 전학을 하기로 하고 오산부인과에서 아이를 낳아 어쩔 수 없이...

글썽거리며 말문을 닫자 변호사 내외는 "아, 머리가 좋은 부모를 두어 미셸이 공부를 잘했군요"라고 하며 오래 묵은 수수께끼 풀 듯 탄성을 자아냈다.

희영이와 미셸이 탄 택시는 논 뚝 길에 섰다. 저기가 내가 살던 집이고 지금도 할머니가 사신다고 일러주었다.

2

그녀는
여자였다

2
※ 그녀는 여자였다

아파트 철문이 요란하게 열리자 방안에서는 커피포트가 시끄럽게 끓고 있었다. 손잡이엔 세월의 흔적을 측량이라도 하듯, 녹이 슬어 껍질처럼 붙어있었다. 고장 나지 않으면 절대로 버리지 않는 사고가 머릿속에 기계처럼 들어있었기 때문이다.

영순이 고향이 상춘이다 보니 동네 사람들은 상춘 댁이라고 부른다. 상춘 댁은 견 갑골이 휘어 머리가 먼저 가고 발이 뒤따라간다. 나이를 물어보면 구십이란 숫자에 스스로 놀라는 표정이지만 주름진 얼굴에도 미인이었음을 말해주었다.

상춘 댁은 가실 동 마을로 이사 오던 해에 입이 쩍 벌어졌다. 언덕배기에 거저 살라고 집을 빌려주었고. 또 여기저

기 땅을 파고 고추와 콩과 팥을 심고, 쑥쑥 비집고 올라오
는 싹을 보며 자식한테 내뱉듯이 "아, 고놈 이쁘기도 하지"
라고 칭찬까지 뿌린다. 온갖 나물을 담아 밤이면 누구에겐
가 내밀며 웃음을 흘린다. 첫 농사가 그리도 신나는지, 묻지
도 않는데 무슨 벼슬이라도 한 듯 농사 자랑을 유행가처럼
불러댄다.

3년이 지났다. 이 비탈에 무슨 아파트가 들어온다더니 살
고 있다는 증명 하나로 밭에 심은 농사까지 보상해 주어서
천만 원이란 돈을 가슴에 품었다. 난생처음 자신의 집이라
는 거대한 13평 아파트에 살게 되었다.

별 직업 없이 양복에 중절모를 쓰고 폼 좀 잡고자 했던 남
편도 이제야 철이 들었는지 칠십이 넘도록 창문 공사며 이
삿짐을 운반해주고, 버려주는 일까지 맡아 이중, 삼중 수입
이 되었다. 또 폐업한 상가에 간판도 떼어 팔고, 냉장고도 부
수면 통장에 돈이 쌓였다. 200원짜리 소시지가 그의 유일한
간식이며 지출 항목이다. 이렇게 쓰지 않고 모은 덕에 10년
만에 꿈도 꿀 수 없었던 이층집을 장만했다.

상춘 댁은 월세를 놓고 매일같이 달려가 그 집을 바라보
며 웃음 짓다가 돌아오면서 가슴까지 뛰게 하는 행복을 느
꼈다.

2년 만에 드디어 그 이층집으로 이사 가는 날이다. 작은딸

이 찾아가자 이미 보따리는 서너 뭉치 싸놓았지만 연신 버렸다가 담았다가, 같은 일을 반복하고 있었고 60년 역사를 보여주는 오래 묵은 짐 보따리를 다시 풀며 "내가 이곳으로 이사 와서 처음 외상으로 샀던 거야. 이건 큰딸이, 이건 작은딸이 첫 월급 타서 사준 거지"라고 하며 손잡이가 떨어진 냄비를 보면서 갈등에 무게를 달더니 다시 분홍색 보자기에 싸면서 "이건 미제야. 내가 열두 달 할부로 산 거야"라고 하며 모든 물건마다 꼬리표를 붙이며 사연을 달았다.

꼭꼭 붙들어 맨 시퍼런 비닐 봉다리 주둥이를 풀자 허리띠가 쏟아졌다. 가죽도 아닌, 달아빠진 밤색, 빨간 꽃무늬, 꼬아서 만든 주황색, 이런저런 허리띠 아홉 개를 쓰레기통에 던져버리자, "이느므 지지배야, 어디다 그걸 버려"라고 하며 화가 잔뜩 서린 얼굴이다.

커다란 짐 하나를 다시 풀더니 까만 비로도, 연두색 꽃무늬, 자주 빛나는 칠부, 색이 바랜 밤색, 여러 치마를 펼쳐놓으며 조금 전 허리띠를 색색깔의 치마 위에 하나씩 얹어 놓으며 이건 요렇게 저건 저렇게 하며 해설의 강도를 높이는 얼굴엔 이미 화가 사그라지고, 지극히 여자임을 말해주는 설교와도 같았다.

영순이 네 집은 태어나기 이전부터 쌀밥을 먹는다고 소문이 났었다. 학교와 집에서 입는 옷이 달라 하루에 두 번씩 치마저고리를 갈아입었다. 학교에서 풍금을 켜는 선생님을 보면서 영순이도 풍금 위에 손을 올려놓고 힘껏 발판을 밟아가며 고향의 봄을 부르기도 했다.

열일곱 살이 되자 동네 친구들은 남자를 따라 다 시집을 가고 혼자 남아 심심했다. 어느 날 산모퉁이를 돌아오는 어떤 남자가 아버지께 큰절을 하고 일어서자, "영순아, 니 신랑감이다"라고 아버지가 말씀하셨다. 쑥스러워 사랑방에서 문틈 사이로 훑어보자 아주 선하게 생긴 사람이었다.

며칠이 지나자 아버지는 "영순아, 옷 갈아 입어라. 대구 가야 한다"라고 하셨다. 난생처음 집을 나서 산길을 걸어 버스를 타고 대구에 갔다. 중국집이라고 쓰여있는 식당에 들어가자 영순이 집에 왔던 그 남자와 웬 사람들이 있었다.

시커먼 국수를 먹고 나자 결혼식 하겠다고 약속하는 약혼식이라고 했다. 검정 국수 국물을 입에 무치지 말고 잘 먹을 걸 하는 후회도 했다.

대구에서 잘사는 집이며 아버지가 교장 선생님이라고 했고, 형은 목사님이라고 했다. 나이는 스무 살, 성은 경주 김씨라고 했다. 다음 달에 군인 간다는 이야기를 옆에서 들었지만 말 한마디를 건네지도 못했다. 어떤 말을 해야 하는지 알 수가 없었다. 다만 나도 시집을 갈 수 있다는 게 안심이 되었다.

다시 어른들한테 김 씨가 가을에 군대에 갔다고 전해 들었다. 긴 겨울이 지나가고 새로운 봄빛이 찾아든 개울가에 파란 잎들이 올라오고 꽃들이 피기를 경쟁하는 4월이다. 때아닌 소낙비가 세차게 내리더니 아래 개울가는 물이 차서 시내를 못 나간다고 했다.

먼 발취에서 보이는 작은 아버지는 물살을 이기며 땅을 밟았다. 젖은 몸으로 집에 오시더니, 아버지한테 "형님, 대구 사람이 군인 가서 잘못되어 죽었다고 하네요"라고 하자, 아버지는 "제기랄, 죽기는 왜 죽어"라고 하시더니 한숨을 담배처럼 내뿜었다.

그 김이라는 사람과 정이야 들지 않았지만, 동네에선 부잣집 딸이 역시 부잣집으로 시집을 간다며 온 동네가 떠들썩했던 소문 때문에 창피하여 집 밖을 나갈 수가 없었다.

농사일이야 다 머슴들이 하고 할 일도 없으니 그저 동생하고 놀 수밖에 없었다. 동생은 또 포천에서 멋있는 군인과 약혼하더니 뭐가 그리 급했는지 한 달 만에 데려갔다. 영순이 나이가 24살이나 되자, 모두 애가 탔지만, 혼사를 연결해 주는 이도 없었다.

한해가 지나자 영순이에게 중매가 들어왔다. 금방 군인 갔다 온 남자라며 영순이 보다 다섯 살이나 많고 비단 장수 집 아들이라는 소문도 가져왔다. 집에서 전통혼례를 치르고 시내에 방 한 칸을 얻어 신접살림을 차렸지만, 사내는 6.25 전쟁에서 동료들은 다 죽고 혼자 살아왔다는 영웅심과 승리하고 돌아온 업적만 요란하게 내세울 뿐, 돈도 한 푼 없고, 어떻게 살아볼까 하는 궁리조차 없었다. 비단 장수 집 아들이란 명분은 부모님이 살아계실 때 이야기이고 형들도 전쟁에 나갔는데 감감무소식이다.

영순이는 상춘 역에서 화물차가 흘린 석탄가루를 긁어모아 물을 넣어 떡 반죽하듯 동그랗게 주물러 연탄을 만들며 '이게 밀가루라면 얼마나 좋을까!'라고 아이 같은 생각을 했다.

빚어진 동그란 연탄은 아궁이에 넣어 불을 지펴 보리밥을 해먹을 수 있었다. 영순이는 속옷과 뽀뿌링 치마와 비누를 외상으로 얻어, 머리에 이고, 갈 곳이라고는 친정 동네인 골말에 가서 팔아 보리쌀과 수수 곡식들을 받았다. 외상을 갚고 난 보리쌀과 고추장으로 연명했다.

부자인 아버지는 영순이가 나타나면 세수하던 물을 확 쏟아버리며 사위를 잘못 두었다고 화풀이를 했다.

공장이라도 다닐 수 있을까 하고 상춘에서 도시로 이사 왔다. 웬 말발굽 소리를 내며 걷는 군인들이 태반이다. 제일 먼저 어제 내렸던 역전 앞을 한 바퀴 돌 요량으로 돌다가 기름 냄새가 요란스럽게 풍기는 식당 앞에 서버렸다.

커다란 프라이팬에서 질퍽한 기름 위에 노란 녹두 부침이 둥둥 떠다니자 키가 커다란 아저씨는 용감하게 순식간에 휘딱 뒤집어 놓는다. 그 옆에 있는 건 동그랑땡이라고 하는데 인물은 녹두전처럼 비슷한데 돼지, 비게까지 넣어 더 빤질빤질했다.

기름진 냄새를 코로 잔뜩 마신 후에야 "아지매요, 여기서 일할 수 있습니껴"라고 묻자, 친절하고 예쁜 주인아주머니는 "여기 세 아주머니는 삼 년이나 된 걸요"라고 했다. 영순이는 안 된다는 말로 알아들었다. 그리고 빨래 아주머니는 이제 한 달밖에 안 됐는데 어쩌나 하며 미안함을 동반했다. 깨진 녹두 부침을 먹으라고 건네주어 목구멍으로 넘기기는 하지만 집에 있는 아이들 때문에 마음이 메었다. 냄새를 맡는 것도, 짜글짜글 기름이 프라이팬에서 노는 것도 풍금 소리처럼 즐거웠다.

날마다 들려 도울 것이 없느냐고 하자, 키 큰 아저씨는 "이 앞에서 장사 하라우요"라고 이북 말로 무뚝뚝하게 말했지만, 마음은 따듯하게 다가왔다.

드디어 새로운 사업이 시작되었다. 부잣집 딸의 형상은 어디론가 사라져 버리고 4남매의 생계를 지키기 위해 고구마를 삶고, 굽고, 골뱅이를 팔기 위해 식전 아침부터 양은 다라 부딪치는 듣기 싫은 소리에 미안함을 담아 썩썩 문 질러 씻었다. 또 비가 오면 비닐우산을 들고 기차역으로 달려가고, 낮에 못다 판 물건들은 어디 가서 늦은 시간이라도 다 팔아야 했다.

영순이는 치마 입고 살랑거릴 수 없고, 몸 베 바지를 입고 휘날리며 파마야 일 년에 한 번씩 하는 연례행사로 열심히 뛰어도 부족할 형편이다. 하지만 딸아이들에게 "여자는 치마를 입어야 해. 집안에 들어왔다가 나가려면 머리부터 발끝까지 모습을 바꾸어야 해"라고 하며 영순이와 전혀 다른 이상한 가르침을 외쳐 왔다.

두 딸에게는 외상값을 조금씩 나누어 갚더라도 예쁜 원피스를 맞춰 입히는 얼굴엔 행복이 푸짐하다. 자신은 여자임을 한 번도 내 세워 본 적 없지만, 내면에는 언제나 여자이기를 소원하며 딸에게라도 여자를 찾고 싶었다.

구부정한 구십의 노인인 영순 상춘 댁 허리에 졸라 맨 허리띠에서 여자의 냄새가 풍겼다. 그녀는 여자였다.

비가 내리는 날이면...

영순이 마음속 깊이 숨겨진 축축한 아쉬움의 그(김) 그림자가 다시, 되살아나 오늘도 커피 한잔으로 구멍 난 가슴을 채우려고 물을 끓이고 있다.

가 시 래 기

3

긴 사다리

3
❈ 긴 사다리

"아메리카 땅 차이나타운 바람에 깜박거리
는~" 가수 백설희의 노래가 다방 안을 가득 메운다. 열 평
도 안 되는 공간에 주방을 차지하고 네 개의 테이블마다 재
떨이가 놓여있다. 한쪽 구석에 화투도 서너 통 있다.

피워대는 담배 연기가 빠져나갈 구멍조차 없어 천장에 구
름처럼 떠다니며 놀고 있다. 커피 천 원, 쌍화차 삼천 원이
라고 쓰여 있는 누런 종이가 붙어있는 벽에도 담배 연기가
머물러있다.

제천 장에서 포목점을 해 돈을 끌어모은 김 사장과 부모
잘 만나 사범대학까지 나온 전직 이 교장, 제법 괜찮은 직업
이 있음에도 있는 집 아들이라 정갑도를 정 사장이라고 부

른다. 정갑도를 크게 알아주는 사람은 없지만, 그래도 순수하고 정이 많은 남자다. 이래저래 살만한 이들 십여 명이 번갈아가며 드나드는 꽃반지 다방이라고 하지만 대다수가 반지는 뚝 떼고 '꽃 다방'이라고도 부른다.

이중에도 주 단골손님인 김 사장, 이 교장, 정 사장 삼인방은 진담과 농담을 섞어가며 떠들다가 심심하면 마담한테 꽃처녀, 꽃 여사하고 부르다가 기분이 내키지 않을 때는 "야, 명자야"라고 소리를 냅다 지르면 명자는 이 교장 어깨에 손을 올려놓으며 "오라버니들, 나 아직 처녀예요"라고 하면서 마흔을 넘긴 미혼이지만 명자는 늘 서른아홉이라고 주장한다. 그러나 이들은 "누가 널 처녀로 보냐? 처녀가 정말 맞는지 궁금하네"라고 하면 웃음 덩어리가 밖으로 새어 나간다.

김 사장은 "명자야, 너만 너무 오래 보니까 싫증 나. 좀 젊은 아가씨 좀 데려와라"고 하자, 명자의 입이 삐죽 튀어나온다. 레지를 구해오면 소개비 줘야 하고 방 얻어 먹여 주어야 하고, 또 배달을 시키면 여관에 가서 "돈을 주었니, 안 주었니"라고 하면서 싸움박질하다 파출소에서 주인 마담을 오라고 한다. '그것보다 몰래 도망가 버리면 어떡해...' 명자는 그런 꼴들을 많이 봐와서 생각만 해도 머리가 지근지근 아프다.

그래서 혼자서 하는 거다. 주인 마담치고는 인물이 그다

지 좋은 편도 아니고 키도 별반 크지도 않은 데다 볼 딱지
살이 실하여 입은 앞으로 약간 튀어나와 노래는 곧잘 부른
다. 말을 하지 않으면 골난 것처럼 보여도 입만 벌리고 웃으
면 하얀 이빨이 고르게 나 있어 그게 바로 명자의 명품이다.

　명자는 제천에서 오랫동안 다방을 하면서 줄곧 꽃반지 다
방 간판을 걸고 영업을 했다. 다방에 오는 어떤 손님은 "꽃
다방 말고 옥 다방 어때?"라고 물을 때면 "옥? 무슨 옥? 아,
보석 말이지요"라고 하면 "그럼 성은 옥이요, 이름은 맷돌
이라고 하지"라고 하면서 마담의 미모가 눈에 안차다는 비
유적인 농이다.

　이렇게 기분 상하게 하는 말을 명자도 이젠 체념하듯 넘
겨야 했다. 영업하려면 별소리를 다 들어야 하고 때로는 돈
이 치사하다고 느낄 때가 한두 번이 아니다.

　명자가 굳이 꽃반지 다방이라고 하는 데는 그만한 이유가
있었다. 영월 덕포리에 살 때 아버지는 함백 탄광에 다니셨
고 어머니는 반찬값이라도 번다고 주전자 몇 개 놓고 막걸
리 장사를 하지만 술꾼들 옆에 착 붙어 앉자 술도 한잔 거들
며 안주도 부추겨 팔고 사내들 기를 팍팍 세워주어야 하는
데 한쪽 구석에 뚱하니 앉아있으니 장사가 될 리가 없었다.

　겨울이 찾아들기 시작한 어느 날, 옆집 철이 엄마가 "애,
명자야!"라고 앙칼지게 부르는 소리에, 방문을 화들짝 열자

어두움과 찬바람이 함께 덮쳐왔다. "명자야, 어떡하지? 광업소에서 갱이 무너져서 너거 아부지도 그 안에 있다고 기별이 왔네." 그 이후로 아버지를 볼 수가 없었다.

명자는 아홉 살, 남동생은 일곱, 다섯 살이었다. 먹고 살기가 더 힘들어지자 엄마가 하는 술집엔 손님이 점점 늘어, 어머니도 입에 술을 넘기며 취하기 시작했다.

"그놈에 인간, 어째 손바닥만 한 땅 한 평만이라도 남겨놓던가? 아니면 장판 밑에 시퍼런 돈 몇 장만이라도 넣어두고 갔어도 내가 봐 줄 만해. 그것도 모자라 노름에다 술값에다 빚만 지고 갔으니... 염병할."

웃다가 울다 미친 사람처럼 주정까지 하더니 노래를 하기 시작했다. 외할머니한테 물려받은 끼가 있었지만 어디 가서 노래 한번 부를 여유조차 없었으니 노래 실력을 알 리가 없었다. 술 한 잔 넘어가면 어디서 노래가 술술 나오는지 술꾼들이 환호성을 치며 최고의 분위기를 자아냈다.

이렇게 인기가 오르자 술집에 손님들도 점차 늘어가고 화장하고 거리가 멀던 어머니는 화장품도 사들이고 새 옷으로 갈아입기 시작했다. 이젠 하루걸러 집에 들어오더니 점점 집에 들어오는 횟수가 줄어들었다.

명자는 밥이며, 청소며 빨래까지 다 해야 했고 그보다도 극성떠는 머스마들 치다꺼리에 몸서리가 났다. 열다섯 살이 되자 명자는 언제까지 이러고 살아야 하나 하고 짐을 꾸려 어디론가 멀리 떠나 식모살이나 해야 한다는 생각에 소개소를 찾아갔다.

마침 주천 꽃반지 다방에서 청소하고 담배심부름 하는 일이 있어서 청소부터 배우며 다방 막내로 잔뼈가 굵었다. 그러나 툭하면 동생들이 찾아와 손을 내밀어 시집갈 돈도 못 모았지만, 다방에 오는 사내들은 멀쩡한 마누라도 있는데 결혼하자는 둥 껄떡거리는 걸 보면서 모든 사내가 다 저런가 하며 결혼에 대한 고민도 없이 이래저래 보낸 세월이 마흔이 넘도록 빠르게 지나갔다.

집에서 좀 더 떨어져 살고 싶어 제천에서 둥지를 틀게 되어, 문을 연 것이 바로 꽃반지 다방이다. 꽃반지라는 드라마가 엄청 인기가 있었는데 꽃반지 주제곡을 어머니가 처녀 시절에 곧잘 부르셨다며 동네에서 지어진 별명이 꽃반지다. 아버지가 명자를 동네 도랑에 데려가 네 잎 클로버를 따서 꽃반지를 만들어서 준 것이 최초의 선물이었다.

여전히 다방 안에는 담배 연기가 그대로 머뭇거리는 오후가 되자 정갑도는 "오늘 말이야, 우리 마누라가 즈 친구들하고 말캉 기차 타고 전라도 가서 자고 온다나"라고 씁쓸

하게 말하자 이 교장은 "그래 거참 외로워서 어쩌나! 정 사장은 이럴 때 누구 없어?"라고 묻자, 갑도는 "아! 있어. 있어… 명자야, 날씨도 따뜻하고 벚꽃도 휘날리는데 여기 쌍화차 세 잔 아니 네 잔 주문! 오케이, 기분이다. 우리 명자 것도 한 잔. 그런데 꽃처녀, 나 오늘 심심해"라고 미소를 지으며 은근히 말했다.

"정 사장님이 심심한데 나보고 어쩌라고요."
"아니 심심하다니까, 그럼 자네가 안 심심하게 해줘야지."
"정 사장님, 난 이래 봐도 처녀, 처녀라고요."

명자의 외침에 합동으로 돌림노래처럼 삼인방은 웃어댔다. 명자처럼 투박하게 생긴 찻잔 안에 달걀노른자 위에는 검은깨가 소복이 올려져 배처럼 둥둥 떠다닌다. 김이 올라오는 찻잔을 입으로 가져가는데, 다방 문이 화들짝 열리자 모두 놀라며 눈이 그곳으로 쏠렸다. 숨을 헐떡거리고 들어온 남자는 갑도의 옛 친구 영철이었다.

10여 년 만에 만났지만, 얼굴은 새카맣게 그을려 있었고, 얼굴엔 주름도 여기저기 놓여있었다. "아니 왜 그래? 영철아, 갑자기 쳐들어와 내가 놀랐잖아. 무슨 일이야?"라고 묻자, 영철은 숨을 가빠하며 안정을 되찾고 있었다.

"소문 들으니까 너 다방에서 논다고 해 이 잡듯 하며 찾느라 한 참 헤맸네."

영철의 검은 얼굴이 붉은 노을처럼 보였다. 갑도가 "그래, 여기 앉아봐라. 이 촌놈아, 이 다방 처음 왔제, 농사짓다 세월 다 가고 우리 꽃순이도 한번 못 보고 이 자식!"라고 하자, 영철은 명자를 훌쩍 보더니 "야야, 지금 농담할 때가 아이고. 니한테 긴히 할 이야기가 있다"라고 하였다.

갑도는 영철이를 바라보면서 옛 생각이 떠올랐다. 장평 냇가에서 물놀이 하다가 바위가 그렇게 높지도 않은데 벌거벗고 뛰어내리다 미끄러져서 다친 영철이를 자전거에 태워 시내 병원에 갔던 일이 생각나 혼자 웃음을 드러냈다.

영철이는 심각한 얼굴로 "내가 며칠 전에 허리가 아파 원주병원에 갔다가 오느라 버스에서 내렸는데 말이야. 나보다 젊은 놈이 나보고 뭐라고 중얼거리더니 '여보세요. 저~어~는 일본에서 왔습니다'라고 하면서 박철수라고 쓰여 있고 일본 전화번호가 있는 때 묻은 종이를 내밀면서 '고마운 이 사람 좀 찾아주세요'라고 하며 사정하더라고"라고 하자, 갑도는 "영철아, 니 일본 말 알아듣냐?"하고 묻자 "갑도야, 느그들은 일본 학교 다녔지만 난 학교도 못 다녔잖아. 근데 우리나라 말을 다섯 살 먹은 애처럼 하더라. 그래도 갑도야 니밖에 생각이 안 나더라. 니가 알아서 해라"라고 한 후, 명자가 가져다 놓은 쌍화차를 마시며 "이 차가 뭔지 되게 맛있네"하며 "쪽쪽" 빨아먹더니 바쁘다며 후딱 나가 버렸다.

정 사장은 이 교장과 함께 일본말을 지껄여 보았지만, 가물가물 혀도 굳어 말이 영 안 된다. '내가 아는 박철수인데 우리 아버지가 장사하려고 팔송에서 시내로 이사와 한 동네 같이 살면서 동명학교... 그래 나보다 한 해 후배인데 말이야.' 다방 전화를 들고 누르려고 하니 갑자기 두려움이 앞선다. ''아리가또 고자이마스'라고 하면 뭐라고 말하지?' 아무래도 말문이 막힐 것 같다.

'그것보다 박철수가 어디 사는지 그것부터 알아보는 게 나을 거야.' 명자의 입이 댓 발 나올 것 같아 아예 지폐 한 장을 전화 요금으로 꺼내 테이블에 던져놓고 대 여섯 군데 전화를 돌려봐도 아는 이가 없다.

곰곰이 생각하다 말고 그래 이참에 일본어 공부를 해야지 하며 무릎을 "탁" 쳤다. 얼마나 세계 후려쳤는지 눈물이 찔끔 났다. 즉시 서점으로 가 일본어 책을 한 권 사서 들여다보면 그래도 뭔가 알 수 있을 것 같았는데 60이 넘은 나이에 읽고 쓰고 마누라한테 지껄여 보아도 별소용이 없었다. 그래도 배워보려고 안간힘을 쓰다 보니 한 2년이 지나자 차츰 일본말이 입에서 우물거려져 길을 가다가 중얼대는 버릇이 생겼다.

하루는 물건 파는 상점에 들어가 나도 모르게 일본말로 떠들자 주인이 일본말을 몰라 허둥대는 모습에 "사요나라"하고 나와 버렸다.

가노 선생

1944년, 마른 체격이지만 살이 약간 붙고, 얼굴이 뽀얀 청순한 이미지의 일본인 남자는 꿈에도 생각하지 못했던 대한민국 제천보통학교에 발령을 받아 왔다. 2월 햇살이 있는 낮 찬바람이 잔뜩 스며들어 마음마저 시렸다.

부모님이 안 계시는 이국땅에서 언어와 지역 환경도 어설픈데 밤이 되면 일본이 있을 거라는 동쪽 하늘을 바라보면 마음이 우울하였다. 그보다 중학교 때부터 좋아했던 미오꼬 상과 약혼을 했고 3월 25일은 결혼식을 하기로 한 날이다. 벼락같은 발령 때문에 학교에 결혼식을 가야 한다느니 그런 이야기를 꺼낼 상황도 아니라 애만 태우고 있었다. 결국은 신랑이 결석하는 결혼식이 신부네 집에서 치러지고, 339 술이 조선으로 보내져 동료 몇 명과 나눠 마시면서 결혼식을 대신했다.

전국은 점점 악화해 대마 해협에 미국 잠수함이 침몰 되자 연락선이 끊어져 그다음 해인 1945년 2월에야 미오꼬 상이 드디어 혼자 제천에 오게 되었다. 오랜 기다림의 신혼의 단꿈이 시작되었으나 3개월 만에 가노에게 온 나라의 부름을 받는 영장을 받아들자 앞이 캄캄하여 미칠 것만 같았다. 미오꼬 상은 '이곳에 아는 일본인도 없고 셋방에서 사는데' 하며 아무리 고민을 해도 별 방법이 없어 생각다 못해 제자인 박철수를 불렀다.

"너, 지금 내가 하는 말 잘 들어. 내가 지금 군인을 가야 해. 너도 알겠지?" 눈이 동그라진 철수는 "예, 저희 삼촌도 가기 싫어서 울면서 갔어요"라고 하자, "그래 너도 알다시피 우리 색시가 여기 아는 사람도 없고, 한국말도 못 하는데 어쩌면 좋니. 난 너한테 부탁할 수밖에 없어. 도와줄 수 있겠니?"라고 하며 건네는 간절한 소원의 입술은 바이브레이션처럼 떨고 있었다. 열네 살 된 철수는 군에 입대하는 선생님처럼 고민이 많아졌지만, 드디어 입을 열어 "알겠습니다"하고 승낙을 할 수밖에 없었다.

"네가 우리 색시의 말을 잘 알아들어야 해. 혹시 내가 전사하거나 이곳에 못 오거나 연락이 안 되면 네가 부산 부두까지 데리고 가 배를 태워주게. 그것만 꼭 부탁해."

"네, 선생님, 알겠습니다."

철수는 굳게 약속을 하고 헤어졌다. 박철수는 미오꼬 상과 말이 통하지 않아 손짓, 발짓을 하며 어떻게 해서라도 알아들을 수 있도록 최선을 다했다. 농사지은 곡식도 몰래 날라다 주며 잘 돌보며 가노 선생이 돌아오기를 기다렸다.

그런데 삼 개월이 지나자 종전이 되어 가노 선생이 돌아와 필요한 것만 챙겨서 일본으로 떠났다. 기차역에서 가노 선생은 박철수에게 고마움을 전하고 계속 연락하며 지내자며 뜨거운 포옹을 했다. 박철수는 가노 선생 내외를 보내며 울음을 터트렸다.

제천 보통학교

일제강점기는 1910년 8월 29일부터 1945년 8월 15일 35년 동안이다. 1926년 4월 25일 오후 2시 봄볕이 따가운 운동장, 432명 전교생은 조회로 모였다. 교장 오오사끼는 키는 작지만 카랑카랑한 목소리로 단상에 올라 국상이 났다며 순종이 돌아가셨다고 전하자 전교생은 슬픔에 젖었다.

교실로 들어가던 6학년 학생 십여 명이 왜 국상이 돌아가셨는데 '붕어'라고 하지 않고 보통사람들이 죽은 것처럼 이야기하느냐 이건 황제 폐하를 모독하는 것이다. 여기서 발단이 되어 이런 불손한 교장 밑에서 교육을 받을 수 없다며 아동 회 자치조직이 동맹휴학을 결의하여 서른세 명 만 학교에 나오고 나머지는 동맹휴학에 참여한 것이다.

주동자들을 모아 취조와 고난을 가하는 등 험한 사태가 벌어졌다. 그중 정운정은 결국 퇴학은 면했지만, 고문과 옥고를 치루고 한쪽 다리를 절다 59세로 생을 마감했다.(동명백년사(동명초등학교 총동문회, 2009), p. 81.

박철수 집에서는 곡식이 잘 익어 추수를 기다리는 가을 막바지에 누군가가 밭에 불을 놓아 박철수네 집이 다 타 버려, 다시 집을 꾸려 살기 시작했는데 또다시 불이 나 허허벌판이 되어 더 이상 그곳에 살 수가 없게 되었다.

1950년 3월 16일 박철수의 편지가 가노 선생에게 보내졌다. 선생님을 사모하는 뜨거운 애정이 들어있었고, 그다음엔 보내주신 커피를 잘 받았다는 편지가 일본으로 보내졌다. 그 이후부터 가노 선생은 박철수에게 5년 동안 몇 번의 편지를 했으나 돌아오는 편지도 없고 감감무소식이었다.

어느 해 3월이 지난 이후 북조선의 신검을 받고 전쟁으로 발전해 동급생 권 모 군에게 납치되었다는 소문이 있었다. 가노 선생은 1953년부터 수십 년간 행방을 알기 위해 수소문했지만, 도무지 알 길이 없자, 아들 히로 상이 직장을 국제 교류 센터로 옮겨가며 강원 도청을 통해 수없이 연락을 취해 봐도 돌아오는 답은 오리무중이었다.

히로 상은 아버지의 소원을 들어주기 위해 한국말을 열심히 배워 제천보통학교(현 동명초등학교)를 찾아왔지만, 전쟁으로 불타버리고 교직원 2세대도 알 수 없어 행방을 모른 채 차를 타러 가다가 지나가는 영철이에게 박철수를 찾아달라고 간절한 부탁을 한 것이다.

가노의 어린 시절

가노 선생 아버지는 교토 변두리에서 땅을 빌려 고물상을 했다. 유난히도 억새가 많았던 곳으로 억새로 엮은 집은 허름한 고물상이자 사무실이다. 겨울이면 나무 때는 난로에 쇠 주전자가 올려져 있고, 때로는 모찌를 구워 먹기도 했다. 또 여름이면 새들이 와서 재잘거리는 초원이기도 하다.

아버지는 늘 고물을 사고파느라 고물에 매여 나들이 한 번 제대로 못 하셨지만 사케를 서너 잔 마시면 사쿠라와 노야마노를 부르며 회포를 풀었다. 어머니는 아버지와 달리 끼가 있어 멋 부리는 것을 좋아해 고물상에 들어오는 옷들을 골라 손질해 입고 머리치장을 하면 그런대로 멋이 있었다. 지지미 만드는 수공예를 했던 솜씨가 있어서 꾸미는 데는 예삿일이며 자기만을 위하는 이기적인 성품도 지녔다.

가노의 남동생 가토는 형의 착하고 예의 바른 성격과는 달리 우락부락하고 용기가 있는 대범한 성격이라 세 살 위인 형과 자주 말다툼을 하지만 형인 가노가 많이 참아주는 편이다. 가노의 어머니는 아이를 그만 낳으려고 했지만, 피임 실수로 태어난 가토 여동생 미찌꼬는 재롱둥이라 이쁨을 받아 오빠들의 질투를 받으며 자랐다.

우동을 끓여도 유부를 딸에게만 잔뜩 넣어주면 가노는 섭섭하긴 하지만 참아주는 편이지만 동생은 그저 엄마한테 대들고 소리치고 과격한 행동을 하였다. 가토에게도 설움이 있다면 형이 입던 옷과 신발 책 모두 물려받아 새것이라곤 하나도 없으니 고물상 아들처럼 헌것만 그의 것이었다.

가토는 미찌고를 늘 꽃처럼 키우는 어머니가 불만이었다. 가노는 침착하게 공부를 열심히 하고 때로는 아버지 일을 도와주지만, 가토는 공부는 뒷전이고 친구들과 노느라 정신이 없고 며칠에 한 번씩 누구를 넘어뜨리고 때려서, 맞은 아이 부모가 찾아와 바람 잘 날이 없었다.

가노가 중학교 졸업을 하자 어머니는 다 큰 청년처럼 보였다. 아버지는 "야, 장가가도 되겠다"라고 하시며 흐뭇해하셨다. 가노는 고등학교(코코오) 입학을 좀 미루었다. 교토에서 오사카로 학교 가야 하는데 동생 가토도 중학교(츄각고) 입학이라 이래저래 벅찬 형편을 알기 때문이다.

또 마음 한편에는 학교 다니다 보면 반대 방향에서 오는 여학생에게 늘 관심이 있었다. 이렇게 오가는 길에서 봐 온 것도 2년이나 지났다. 그러나 그에게 말 한 번 걸 용기가 나지 않았지만, 이 상태에서 집을 떠날 용기도 없었다.

고물상 일을 돕기 위해 아침이면 리어카꾼들이 어제 수집한 고무들을 가지고 와 저울에 달고 고물을 구분하느라 플라스틱, 빈 병, 쇠붙이 제각기 요란한 소리를 들으며 있어야 할 곳으로 구분하지만, 또 무거운 짐을 들어 나르기 위해 힘도 써야 했다.

그런데 고물들을 받아서 되팔기만 하면 되는 줄 알았는데 쇠붙이와 같이 붙어있는 것들을 칼로 뜯어내거나 망치로 부수거나 하는 잡일이 왜 그리 많은지, 엄청나게 힘든 것을 알게 되었다.

또 고물쟁이들은 아버지한테 돈을 더 받아 내려고 하고 아버지는 남는 게 없다며 투덜댔지만 세 식구가 매달려도 모심기 일꾼들에게 주는 일당 90전에도 못 미칠 때가 허다했다.

매일 해야 하는 일들이 반복되는 지루함 속에서도 학교 가는 길에서 늘 마주치던 그 여학생은 머릿속에서 떠나지 않았다. 어느 땐 그녀와 만나는 꿈을 꾸기도 하지만, 멍하니 하늘을 올려다보면서 상상을 한다. 이제 벚꽃이 필 텐데 함께 길을 걷는 그림을 뇌 속에 그려 넣는다.

이윽고 무더운 여름이 오자, 외지로 고등학교에 간 친구들이 방학이라고 찾아왔다. 말끔하게 교복을 입고 졸업식 때보다 훨씬 성숙하고 멋있었다. 가노가 손을 씻느라 화장실에 가자, 매달린 손바닥만 한 거울은 머리는 제멋대로고 옷은 기름때와 먼지투성이이란 것을 일러주었고 신발은 시커먼 장화를 신어 발은 땀으로 젖어 있었다. 왠지 그들과 한참 멀어진 느낌이 들고 즐겁지도 유쾌하지도 않았다.

가노가 고물상에서 아버지의 노동은 덜어줄지라도 생활은 더 나아지지도 않았다. 늦은 여름이라고는 하지만 햇볕은 점점 따가워 지고 있었고, 찾아오는 손님이 없어 아버지는 어디론가 가버리셨기에 문을 닫았다.

개울에 엎드려 머리를 감으려 하자 가랑이 사이로 하늘이 달려왔다. 장 속에서 잠자고 있었던 옷을 꺼내 입고 밖을 나섰지만, 친구도 만나고 싶지 않아 한 참 걷다가, 포장마차가 있어 들여다보니 제법 젊은 여인들이 분주하게 손을 놀리고 있었다.

삐루(맥주) 한 병 시키고, 말린 생선 안주를 주문하자 닥쾅과 오이 절인 것도 따라왔다. 답답한 가슴에 목이 시원하게 뚫리는 것을 느꼈다. 난생처음 마셔보는 술이라 한 병을 더 마시고 일어서려고 하자 몸이 이상해져 마치 지구가 흔들리는 것 같았다. '아! 이런 게 술 취하는 거로구나'하며 자꾸만 비틀거렸다. 캄캄한 밤하늘에 이곳저곳 전등 불빛도 참 아름다운데 흔들리고 있었고, 마음 한구석 서글픔이 찾아들기 시작했다.

'내가 이러고 살아야 하나! 고물상을 물려받아야 하나!' 왠지 모르게 아버지처럼 살 것 같아 속상했다. 의지와는 달리 비틀거렸지만, 그래도 집까지 찾아올 수 있었다.

그다음 날 늦도록 잠을 잤다. 눈을 떴지만, 몸이 말을 잘 안 듣는다. 누워 어제의 일들을 다시 엮어갔다. 열어둔 창문 밖을 내다보며 헛웃음이 나왔다. 칡 줄기는 왼쪽에서 오른쪽으로 올라가고 등나무는 오른쪽에서 왼쪽으로 올라가는 것을 보며 갈등이란 말을 생각해냈다. 가노는 기계처럼 벌떡 일어났다.

방 나무 선반에 올려져 있는 나무 인형들을 바라보며 약속하듯 "그래, 나는 공부해야지. 내 꿈은 선생이 되는 거였잖아"라고 혼잣말을 했다. '그래. 나는 많은 학생에게 인간 됨을 가르쳐야 해.' 갑자기 힘이 용솟음쳤다.

아침엔 커다란 둥근 해가 솟아오르며 힘내라고 응원했다. 시끄러운 고물 소리에 귀를 틀어막고 또 이불을 뒤집어쓰고 읽고, 아니 읽는다기보다는 화풀이하듯 외워대고 소리 질러댔다. 이런 날이 빨리 가버려야지 하면서 급속도로 초조했다.

어느새 찬 바람이 불기 시작해 기둥 틈 사이로 실바람이 스며들고 있어 시험 볼 날이 머지않았음을 암시하고 있었다.

드디어 시험 날이다. 어머니가 싸주신 나무 도시락을 받아들고 부모님 눈치를 살피며 미안함을 동반한 채 집을 나섰다. 입학금이며 자취방도 구해야 하니 시험에 앞서 근심부터 먼저 따라온다. 숨죽이던 몇 날이 지나고 드디어 벽보에 '가노'라고 붙었음을 확인하고도 한참 동안 쳐다보고 있었다. 드디어 합격 소식이었다.

가노는 합격증을 받아놓고 열심히 고물상 일을 도우며 틈이 날 때마다 거리를 서성거렸지만, 예전처럼 몸에 기름때며 작업복도 창피하지 않았고, '그 여학생을 볼 수 있을까' 하고 기다렸다. 겨울 뒷자락이지만, 가느다란 비가 내리기 시작했고 가노는 우산을 들고 무심코 길을 걷는데 저만치 비에 가려진 가운데도 그녀 같음을 느꼈다.

길옆 개울가엔 물안개가 뭉글뭉글 피어오름 같이 가노 가슴도 부풀기 시작했다. 어떻게 뭐라고 해야 하나 가까이 다가가 우산부터 씌웠다. 여학생은 "아니, 왜 그러세요?"라고 하며 놀라자 "제가 중학교 2학년 때부터 보아왔는데 늘 마음속에서 떠나지 않더라고요. 이야기 좀 할 수 있어요?"라고 태연하게 말하는 것처럼 보여도 심장은 요동치고 있었다. 그녀는 비 그림자를 두고 돌아서 가버렸다.

'나 이제 고등학생이야'라는 말조차 못 하고 나서 몸은 움직일 줄 몰라 우산 위로 떨지는 빗소리를 들으며 우두커니 서 있자 물안개도 저만치 가고 있었다. 우울함을 지닌 채 집으로 들어가 모든 걸 잠으로 덮고 싶었다.

드디어 입학식이다. 집에서 멀리 떨어진 곳으로 짐을 꾸려 떠나야 했다. 남학생들은 공부보다 그저 여학생들에게 관심이 많고 예쁜 애들만 보면 잘 보이려고 애쓰는 모습이 역력했다. 가노는 아무리 예뻐도 비 오던 날 그 여학생이 떠올라 정말 미칠 것만 같았다. 이름과 사는 곳을 몰라 그녀를 만나려면 어디선가 서 있어야 하는 데... 집에 한 번 가려면 얼마의 돈이 있어야 했다.

기다리던 방학이 되어 그녀가 다니던 길목이나 개울가 옆에서 아무리 만날 것을 기대하며 기다려보았지만 긴 방학

동안 그녀를 못 만난 채 돌아와야만 했다.

가슴에 든 그리움은 가시지 않는 채 어느덧 2학년이 되었다. 어느 날 교내 점심시간, 그날도 라면 먹기 위해 매점에서 냄비를 들고나오다가 누군가와 부딪쳐 냄비가 뒤집혀 나동 그라졌다. 학생 신발에 라면 가닥이 올려져 있었다. 라면을 털어주려고 엎드리다 눈이 마주쳤다.

둘 다 돌처럼 굳어져 아무런 말을 할 수가 없었다. 마치 기다림의 포장을 뜯는 것과 같았다. 가노가 "어떻게 된 거예요?"라고 하자 그녀는 "저 이 학교에 왔어요. 1학년이에요"라고 했다. 더 이상 무슨 말을 해야 할지 몰랐다.

라면을 엎지른 사건과 함께 이곳에서 만난 것은 운명이라고 하며 자연스레 둘은 데이트를 하게 되었다. 미꼬오 상은 보기에는 순하게 생겼지만 내면은 강함과 바른 인성을 가지고 있었다. 웃을 때마다 청순미가 드러났고, 긴 머리는 늘 반짝거렸다. 또 사미센을 켤 때면 가노는 깊이 빠져들었다.

미꼬오 상 아버지는 크지는 않지만 배 한 척 가지고 있어 그 시절은 궁핍하게 살 때지만, 그래도 살만한 집안이었다. 딸 넷을 둔 아버지는 부인에게 아들을 두어야 한다는 나무람 없이 그저 맏딸인 미꼬오 상을 아들처럼 귀히 여기고 사는 다복한 가정이다.

가노와 미꼬오 상은 수업이 없는 날이면 우동을 사 먹으며 카부키 전통 연극을 보러 다니며 소금기 있는 바닷바람도 맞으며 즐겼다. 통학하는 미꼬오 상은 차츰 귀가 시간이 늦어지지만, 부모님은 항상 믿음을 주는 딸이었기에 별 신경 안 쓰는 편이었다.

하루는 웬 남학생과 미꼬오 상이 둘이서 손잡고 가는 광경을 보게 된 미꼬오 상 아버지는 너무나 놀란 나머지 학교에 가는 것조차 용납하지 않았다. 믿고 있었던 딸에 대한 배신감이 너무나 컸었기 때문이다.

가노는 용기를 내어 미꼬오 상 집을 매일 찾아가 마당도 쓸고 뱃일을 위한 그물도 손질해주고 때로는 배가 있는 곳까지 가서 도와주곤 했다. 고물상에서 다져진 체력을 마음껏 쓸 수 있는 기회였다.

가노의 성실하고 예의 바른 태도에 미꼬오 상 아버지는 딸을 다시 학교에 가도록 허락했다. 둘은 마음 놓고 만날 수 있었으며 졸업을 하고 드디어 일식집에서 상견례로 양가 부모님이 만나게 되었다.

손님 앞에서 칼을 휘두르는 요리사의 몸놀림과 처음 먹는 유소쿠와 아게즈쿠리는 가노 식구들에게 너무나 생소해 얼떨떨했다. 하지만 미꼬오 상 식구들의 숙련된 모습을 그대로 따라 하며 식사를 마치고 약혼식과 결혼 날짜를 받았다. 연말 크리스마스와 함께 약혼식을 하고 3개월 후 결혼식을 하기로 했다.

정갑도의 검지 손가락은 익숙지 않은 전화번호를 돌리면서 가슴까지 떨림이 전달되었다. "띠리리"하고 전화벨 소리가 일본으로 건너가는 몇 초가 너무나 길게 느껴지다가 숨넘어가듯 데 딸각하며 "아리가또 고자이마스" 아주 가늘고 고운 여자 목소리가 들려왔다. 마치 오래된 연인이라도 만난 것처럼 숨이 멎을 듯 가슴이 뛰기 시작했다.

갑도는 "아리이가또~오 고자이마스. 저는 대한민국 제천에 살고 있는 정갑도라고 합니다. 박철수 씨를 찾는다고요?"라고 하자 그 고운 목소리는 갑자기 힘이 들어가 "가노! 가노!"라고 하며 다급하게 소리쳤다. 잠시 전화가 끊어지는가 싶더니 커다란 남자 음성은 "아~ 네네"하며 숨을 고르며 물어온다. 갑도는 일본말로 어느 정도 떠듬거릴 수 있다는 게 스스로 놀라기까지 했다.

가노 선생은 내 평생 잊을 수 없는 제자를 한 번이라도 만날 수 있게 찾아달라며 만날 수만 있다면 한국으로 다시 가겠다며 간곡하게 정갑도에게 부탁했다.

갑도는 철수 네 집에서 하나밖에 남지 않은 혈육 영수를 찾기 위해 무던히도 애를 썼다. 박 군의 일가는 화재 난 이후 부모님과 형제가 다 돌아가셨고, 홀로 남은 동생은 일찍

이 서울 근교에서 살았기 때문이었다. 정갑도의 노력은 결실을 맺어 드디어 동생 영수를 찾아냈다. 갑도는 가노 선생과 전화를 하면서 영수를 찾았다고 하자 영수를 만나게 해 달라고 간청했다.

영수도 일본어를 배우기 시작해 떠듬거릴 정도가 되자 처음으로 타보는 비행기는 철수 형이 타야 마땅하지만, 갑도 형과 가나기이갱 가노 선생 네 집을 방문해 부둥켜안고 눈물로 재회를 했다. "형 철수의 도움이 없었다면 내가 어찌 있으며 우리 가정이 있었겠냐!"라고 하며 철수는 끈기가 있어 북조선 어디에 있을 것이라고 믿고 있다며 만날 것을 기대하고 헤어졌다.

가노 선생은 80이 넘은 나이었고 제천보통학교에서 가르칠 때 정갑도의 후배들을 가르쳤다. 그때 한국 선생님 열두 명, 일본 선생님은 열 한 명이 가르쳤는데, 한국말을 했다가는 회초리로 발가락을 맞아야 했고, 이름도 다 개명을 하여 집에서 부르는 이름과 출석을 부를 때 이름이 달라서 대답을 못 하면 야단을 맞았다. 그 선생님만 지나가면 아이들이 기가 죽어 걸음도 제대로 못 걸었다. 하지만 가노 선생은 한국 아이들을 천대하지 않았다.

이들의 만남의 훈기는 아직 남아 있는데 1999년 그리워

하던 제자를 두고 제천에 마음을 둔 자서전을 마무리하지 못한 채, 박철수를 기다리다 지쳐 91세 뇌경색으로 생을 마감했다.

어쩌면 하늘나라에 있을 철수를 찾으러 부지런히 떠났지만, 고이고이 살펴 가며 긴 사다리로 천천히 오를 것이다.

가 시 래 기

4

나팔꽃에
맺힌 이슬

4
❈ 나팔꽃에 맺힌 이슬

널따란 푸른 바다 위를 날아다니는 갈매기는 먹이를 찾아 사냥하느라 분주하다. 착하기만 했던 바닷물은 화가 난 듯 비틀거리며 육지를 향해 달려온다. 그 위를 뒤덮는 통곡의 메아리는 바다 저 끝을 향해 달려가고 있었다.

"춘섭아, 내 새끼!", "형님!", "아이고, 이놈아!"라고 하며 갖가지 이름들을 토해내며 뼛속 깊이 터져 나오는 울음소리에 동네 사람들이 모여들었다. 50여 호 초가집이 있었지만, 열 명 넘게 바다가 삼켜버리자 멀리 떠나간 이도 있고 또 갈 곳 없어 그저 바다만 바라보고 사느라 안간힘을 쓰고 있다.

오늘도 몇 년마다 찾아오는 운명의 날이다. "에구머니 어쩜 좋아, 어쩌당가. 아이고 저 빌어먹을 저놈의 웬수 같은 바다 새끼"라고 하며 발을 동동 구르며 소리높여 울기 시작한다.

그들의 남편들도 바다가 잡아간 지 수 년째, 남편하고 살때야 "이 인간, 저 인간"라고 하며 우습게 여겼던 남편의 죽음을 다시 떠올리며 울부짖음은 살기 힘든 삶의 여정을 토로하고 있었다.

싸리 까치 담에 고개를 걸친 옆집 할매는 "저걸 어쩌나 이게 무슨 날벼락이야. 우특카든지 며느리가 잘 들어와야 제 상분이 할매도 나처럼 복도 지지리 없네"라고 쪼아댄다.

어달리 마을에 배라고는 세척밖에 없었으니 배를 탄다는 건, 그리 쉬운 일이 아니다. 하지만 배를 한 척 가지고 있는 오한섭은 춘섭이 동생 춘식이와 친구이고 춘섭이 보다 다섯 살 아래다. 그것도 빽이라고 간신히 배를 얻어 타지만 언제나 배 주인이라 기세등등하다.

춘섭이가 배를 타자 처음엔 톳을 뜯어 빗자루처럼 엮어 붙들어 매어 놓고 대나무를 갈라 끼워두면 꽁치가 그 속으로 들어오면 손으로 잡는다. 그걸 손꽁치라고 한다.

서너 달 지나자 점점 멀리 나갈 용기도 생겼다. 5월이면 꽁치가 산란하러 물 위로 올라온다. 배 주인 오한섭은 그날

따라 볼일이 있다고 하자 춘섭이는 혼자 잡아보겠다고 나가기로 했다. 식전 댓바람 배 타러 가는 남편을 위해 아끼던 보리쌀 한 주먹 털어 보리밥을 해 장아찌와 도시락을 건 내주자 춘섭은 뚜껑을 열어보더니 오늘 힘을 쓸 걸 생각하니 아니다 싶어 "분이 엄마, 밥 좀 더 싸줘"라고 하자, 치순이는 "뭐 시기가 있어야 싸 주지"라고 앙칼지게 소리 질렀다.

보리밥 더 달라는 남편이 미운 게 아니라 식구들은 감자를 세어가며 주는데 일을 가는 가장으로 특별한 대접이다. 싸줄 것도 없는 처지가 부아가 치밀어 질러댄 것이다. 치순이는 "보리이바아압~보~리이~바아~아아 이런 줄도 모르고"라고 하며 땅을 치고 울고 있었다. 뱃일이란 목숨을 거는 일이기에 아침부터 재수 없는 소리를 지른 게 치순 탓이라 더 미칠 지경이다.

시아버지, 시어머니, 아들 넷에 딸 하나 그리고 화자와 분이 이렇게 아홉 식구가 방 두 칸에 살지만, 돈벌이가 없어 장남인 춘섭이가 꽁치와 오징어를 잡으면 배 주인에게 뱃삯으로 오징어를 주고 난 다음 시장에 내다 팔아 보리쌀을 사와 감자와 끼니를 이어가지만 제대로 먹지 못해 온몸이 부어 살찐 것처럼 보였다.

"춘섭아! 춘섭아! 니가 가고 없는데 이 에비가 살아서 뭐 하니. 이놈아!" 하는 그 원통한 입에는 막걸리 주전자 주둥이가 물려 있어 온몸에 술 세례를 받고 있었다. 주전자는 이미 몇 개가 내동댕이쳐 마당에 너부러져 있다.

집을 빙빙 돌더니 "춘섭아! 나는 더 이상 못 살아"라고 하였다. 가마솥단지 옆에 있던 성냥을 그어 집에 던지자 초가집은 순식간에 하늘로 불덩이가 치솟더니 모두 승복하듯 집의 형체는 사라지고 말았다.

아들이 죽은 것만 해도 복장이 터지는데 간신히 버티고 있던 기둥에 흙벽돌은 틈이 생겨 겨울이면 바람이 드나들며 기울어가던 집조차 없어지자, 대단한 집이었다는 것을 깨닫는 순간, 식구들은 덩그러니 남아 땅을 보며 기도하듯 서 있다.

한때 양조장 집은 100리 안에 가장 잘사는 집이었지만, 노름으로 탕진하고 가족들이 뿔뿔이 흩어져 연락처도 없는 상태다. 비어있는 바깥채에 소죽을 쑤던 부엌 없는 방과 누룩을 띄우던 창고를 동네 사람들이 이장한테 사정해 간신히 허락을 받아 냈다.

방에서는 시아버지와 시동생 다섯 명이 자고 시어머니와 치순이와 상분이 시누이가 곡간에서 잠을 자야 했다.

이렇게 피신처를 옮기고 나서 시어머니는 정신을 차렸는지 죽도 한 그릇 못 먹었지만 지금 이 사태를 슬퍼하기보다는 얼굴에 핏대를 세우며 감자를 깎아 밥을 하려고 불 때는 며느리에게 "네 이년! 잘한다. 네 년이 해 주는 밥 안 먹는다. 안 먹어! 너 나까지 잡아먹으려고 해? 니가 시집오더니 집 구석이 이 모양이야. 내가 뭐랬어? 시집오자마자 아들 낳아야 한다고 그랬잖아. 그런데 쓸데없이, 지지바를 낳아! 난 니 궁둥짝 보다 작아도 아들을 일곱이나 낳았다"라고 하고 한숨을 크게 쉬더니 "셋은 홍역으로 죽었지만, 그런데 너는 서방까지 잡아먹어? 에이 빌어먹을 년!"라고 하면서 부지깽이로 문지방을 후려친다.

"어머니 제가 무슨 일이라도 해 보리밥이라도 먹을 수 있도록 할테니 노여움 푸세요"하며 시어머니 앞에서 엎드려 닭똥 같은 눈물을 뚝뚝 떨어뜨리자, "이 년이"하면서 힘을 다해 휘두른 부지깽이는 귀를 때려 그만 바닥에 쓰러지고 말았다. 정신을 차리고 보니 고막이 터져 한쪽 귀가 들리지 않았다.

이 지경이 되어도 시어머니의 기세는 하나도 꺾이지 않고 당장에 끼 나가라고 호통치는 입에는 거품까지 일었다. 몇 날을 참고 기다려보았지만, 전혀 수그러드는 기미가 없었다.

치순이는 견디다 못해 여기서 더는 살 수가 없어 당장 입어야 할 적삼과 삼베바지를 굵은 베보자기에 싸서 가슴에 안고 나오는데 다섯 살 난 분이가 "엄마, 어디가?"라고 하며 울자, "엄마 물 이러간다" 하며 고개를 숙이자, 어린 분이는 물 뜨러 가면 물동이를 이고 가야 하는데 그게 아니어서 치맛자락을 잡고 울었지만, 치순이는 뿌리치고 갈 수밖에 없었다.

올고 있는 다섯 살 난 분이를 할머니는 지남철처럼 잡아끌고 가더니 방문을 잠가 버리자 더 세차게 우는 울음은 문밖으로 새어 나와 동네 사람들도 눈가에 눈물이 고이지만 서슬 퍼런 할머니를 말릴 재간이 없어 그저 혀를 차고 지켜만 보고 있었다. 상분이 할머니는 "지집년들 구경거리 났어?" 하며 쏘아대자 모두 뒷걸음쳤다.

어달리 바다는 내가 언제 그랬냐는 듯이 양심을 잃은 채 얌전하게 햇살을 받아 반짝이며 평온함을 주장하고 있었다. 고깃배는 유유히 거닐 듯 바다의 풍경을 더하고 있었다.

분이는 어쩌면 바닷가에서 아빠가 올지 모른다는 희망으로 가슴에 손을 얹고 뚫어지게 쳐다보고 있었다. '어른들이 바다가 데려갔다고 했는데 왜? 어디로 데려갔을까? 그럼 다시 데려오면 되지'라는 생각을 했지만, 할아버지가 우는 걸 보면 안 오는 것 같았다.

'그런데 맛있는 보리밥과 감자를 주시던 우리 엄마는 바다에 간 게 아니야 내가 봤는데 어디로 간 걸까? 저 바다 끝에 가면 있을까? 엄마는 참 물 이러 간다고 했지.'

삼베 깡통 치마를 입고 우물가에 가 보았으나 엄마는 없었다. '아! 물푸다. 저 안에 빠졌나? 그럼 내가 건져야지' 하고 들여 다 보려고 해도 우물이 너무 높아서 볼 수가 없어 애를 쓰다 말고, '그래, 돌을 놓으면 될 거야'라는 기막힌 생각으로 돌을 주워 쌓아 놓고 올라 서 보았지만, 자꾸만 미끄러지고 만다. 배가 고파 힘이 없었지만 온 힘을 다해 올라섰다.

그런데 그 안이 어두워 잘 보이지 않아 다리 하나를 올려 놓고 보려고 하다 그만 우물 안으로 곤두박질치고 말았다. 아프다는 생각보다 엄마는 분명히 그곳에 없음을 먼저 확인했다.

그때가 봄 가뭄이라 물이 많지 않아 머리만 물에 적셔 있었고 분이는 거꾸로 처박힌 채 있었다. 그런데 엄마랑 밭에 일하러 다니시던 영희 엄마가 물을 푸려고 두레박을 내리다 말고 어머나 하고 굉음을 지르더니 동네 아저씨 두 명을 불러와 분이를 건져 올렸다.

이마에 피가 조금 났지만, 엄마 없는 게 너무 속상했다. 영희 엄마는 분이를 데리고 가 할머니한테 뭐라고 이야기하자 할머니는 "니 에미를 찾으러 어디를 갔다고? 찾으면 어

66

찌할 건데?"라고 하면서 야단을 친다. 삼촌 고모 다 나왔지만 보고만 있었고 할머니한테 딸이라고 설움 받는 막내 고모만 분이를 안아주자 눈물이 왈칵 쏟아졌다.

엄마가 없으니 배가 더 고팠다. '엄마는 어디에 있는 것일까? 아줌마들이 있는 곳에 가면 알 수 있을 거야.' 방아 찧는 곳에 가자 엄마는 없고 아줌마들이 여럿이 있었다. 누런 콩을 방아에 넣어 찧고 있어서 콩을 먹고 싶어 쪼그리고 앉아 있자, "분이야, 콩 한 주먹 줄 테니 먹어. 많이 먹으면 설사한다"라고 하였다. 분이는 속으로 '설사해도 괜찮으니 한 번만 더 주세요'라고 했지만, 말이 안 나왔다.

나중에 철이 들어 알게 된 것은 설사 때문이 아니라 먹을 것이 귀해서 조금만 준 것이었다. 고아가 된 분이는 천덕꾸러기가 되어 여덟 살이 되어도 누구 하나 학교에 가야 한다고 이야기하지 않았다. 동네 아이들은 학교에 간다고 엄마가 장에 갔다고 한다. 상분이 속 터지는 것도 모르고 학교 가는 자랑을 늘어놓았다.

왼쪽 가슴에 단 손수건은 마치 유명한 사람들이 달고 다니는 훈장처럼 보였지만 누구에게도 분이는 학교에 보내 달라고 이야기를 할 수 없었다. 다른 아이들이 학교에 가는 데 책 보따리 대신 종다래끼를 들고 게다(일본식 슬리퍼)를 신고 산으로, 들로 꼴을 베러 가는데 자꾸만 넘어져 무릎이 터저 피가 났다. 그래도 꼭 학교 뒷산에 가서 내려다보았다.

선생님이 호루라기를 불면 아이들이 큰 마당에서 이리서고 저리서고 왔다 갔다 하다가 교장 선생님이 무어라고 이야기하고 또 종소리가 나면 다시 교실로 들어간다. 분이는 그때 서야 꼴을 베어 집으로 돌아가면 할머니가 감자 서너 개 주셨지만, 머리에는 학교에 있었던 일만 자꾸 떠올랐다.

그다음 날도 학교 뒷산에 가서 애들이 노래하면 나는 대충 내 멋대로 따라 불렀고 운동하면 따라 하는데 기분이 참 좋아 꼭 학교에 다니는 기분 같았다.

꼴을 베어 집에 가면 "이느므 지지바야, 이게 뭐야?" 양이 적다는 소리다. "아이고, 고추 달고 나왔어야제"라고 큰소리로 야단치시며 "니 에미 년 오자마자 너를 낳아 하도 분해 오죽하면 분이라고 했을까!"라고 하였다.

아이들은 색 색깔 책 보따리를 메고 상분이를 보란 듯이 으스대며 학교를 걸어가고 있었다. 그해 가을 키가 부쩍 자란 코스모스 사이로 애들이 떠드는 소리가 들려왔다. 학교에서 집으로 가면서 "내일 소풍인데 뭐 사가 나? 난 10원 얻어 왕사탕 사고 또 뭐 사냐? 야! 난 달걀도 싸가고 우리 엄마 과자 사러 장에 갔다" 하며 떠드는 소리가 들려왔다.

'뭐 내일이 운동회라고?' 혼자서 누구와 이야기 하는 것처럼 떠들며 너무 신이나 가슴이 콩콩 뛰었다. 운동회 날은

온 동네 사람들이 다 가기 때문에 분이도 갈 수 있다. 밤에 자다가 몇 번이나 잠이 깨었고 학교에 늦어서 어떤 선생님이 학교 문을 잠그고 있어서 "제발 문 좀 열어 주세요"라고 하고 울고 있는데 할머니의 벼락같은 소리에 벌떡 일어나 보니 꿈이었다. 오줌을 싸서 할머니한테 혼나고 있었다. 할머니의 큰 소리도 오늘은 들리지 않았고 벌떡 일어나 세수를 하고 깨진 거울을 보고 싱글벙글 웃고 있었다.

꼴을 베러 간다고 하지만 실은 운동회 가는 거였다. 게다를 신고 아무리 빨리 뛰려고 해도 걸음이 가지질 않는 바쁜 마음에도 '와! 매일 운동회 하면 정말 좋겠다. 그럼 나도 날마다 학교 갈 수 있는데...' 하며 학교에 도착하자 사람들은 무척 많이 와 있었다.

까만 반바지 흰색 윗도리를 입고 달리다가 넘어지면 어른들은 몸이 달아 발을 동동 구른다. 상분이도 그 옆에서 뛰었다. 애들은 사탕을 입에 넣고 줄줄 빨고 있어서 먹고 싶었지만, 사탕 한 개 주는 애들은 없지만, 운동장을 신나게 돌아다니는데 어떤 선생님이 "김상분" 하고 부르자 '선생님이 내 이름을 어떻게 아시지'하고 "네, 선생님" 또렷하게 인사하자 "난 선생님이 아니고 네 외삼촌이야"라고 말씀하신다.

한 번도 본 적이 없는데 삼촌이라고 하신다. 그 아저씨는 자신의 가슴을 치며 "내가 니네 엄마 동생이야. 외삼촌"라고 말 하셨지만, 상분이는 너무나 당황해서 눈만 껌뻑이고 있자. 삼촌은 "엄마 보고 싶지 않니? 엄마가 대진리에 살아. 엄마한테 데려다줄까?"라고 하자 상분이는 너무 놀라 소리가 밖으로 나오지 못해 고개만 끄덕였다.

앞에 선 삼촌을 따라가려고 하자 삼촌은 "니 얼굴이 왜 그 모양이냐? 그리고 신발을 어쨌나?"라고 묻자 "학교에 온 게 아니고 꼴 베러 왔는데 오다가 게다를 벗어놓고 왔어요"라고 하며 닭똥 같은 눈물이 뚝뚝 떨어지자, 장에 데려가 고무신을 사주셨다. 보들보들한 신을 처음 신고 평평한 길을 지나 점점 비탈길로 가다 보니, 발뒤꿈치가 아프기 시작했다. 발이 너무 아팠지만, 삼촌이 다음에 가자고 할까 봐 아프다는 소리도 못 하고 꾹 참고 따라가는데 어느새 뒤꿈치에서 피가 흐르고 있었다.

삼촌도 이제는 안 되겠다 싶었는지 차를 타고 가자고 하신다. 정말 커다란 차가 오더니 상분이를 덜렁 들어 태우며 이게 버스라고 했다. 방보다 더 깨끗했는데 모두 신발을 신고 있었고, 차가 자꾸 흔들거리더니 머리가 아프고 배도 아팠다. 그러더니 내 몸이 아래로 자꾸만 내려가는 것만 같았고 머리도 이상했다. 삼촌이 "야! 니 멀미하나?"하며 보자기를 꺼내 상분이 입에 갖다 댔다.

운동장에서 간신이 떡은 얻어먹었지만 먹지도 않은 노랑

물이 다 올라왔다. 나는 아파도 되지만 먹은 건 그대로 있어야 하는데 하며 침을 힘껏 삼켰다.

버스에서 내려 걸어가다가 삼촌은 상분이를 업으셨다. 그리고 몇 번을 쉬어 가시더니 "여기 너의 엄마네 집이다"라고 하며 들어서는데 엄마는 상분이를 껴안고 "분이야, 미안해! 이 에미를 용서해라"라고 하며 안으셨다. 아까 업혔던 삼촌 등보다 더 따뜻하고 너무 좋은데 눈물은 나오지 않았다.

집안에 들어가 보니 어떤 아저씨와 할아버지 그리고 분이보다 나이가 작은 남자아이가 있었는데 분이에게 누나라고 불렀고 아저씨는 아버지 또 할아버지라고 부르라고 했다.

그동안 부르지 못했던 "엄마, 엄마!"라고 하며 물 길어가도 그 뒤를 졸 졸 따라 다니고, 보리밥 한다고 불을 때면 상분이도 작은 나무를 골라 아궁이에 밀어 넣었다.

새 아버지 원래 부인은 너무 가난해 밥도 제대로 먹을 수 없자, 소 장수를 따라갔다고 했다. 가난한 새아버지가 장가도 못 가고 있었는데 엄마가 이 집에 와서 밭일을 해 집도 사고 길쌈을 해 땅도 샀다는 이야기를 들으니 기분이 좋았다. 엄마가 옆에 있고 보리밥도 먹을 수 있어서 얼굴도, 몸도 붓지 않아 상분이는 너무나 행복했다.

이 집에 온 지 석 달 좀 지났을까? 배가 고픈데 엄마는 밥도 안 주고 누워만 있는데, 머리에 떡 같은 걸 부치고 손으로 그걸 붙잡고 있었다. 동네 사람들은 분이 엄마는 수수부꾸미를 머리에 붙였다고 하였다. 그게 머리 아픈데 바르는 약이구나 하며 웅크리고 앉아있는데 엄마는 상분이를 보면서 계속 우셨다.

새 아버지 집을 찾아온 친할머니와 친삼촌은 상분이를 데리러 오셨다는 거다. 겁이 덜컥 나 안가겠다고 아무리 울면서 빌었지만 삼촌은 나무나 힘이 세 상분이는 억지도 끌려갈 수밖에 없었다. 하지만 길을 알아 두어 세 번이나 도망쳐 엄마의 집으로 왔다.

상분이는 또 데리러 올까 봐, 방 안에 숨어 있으려고 하자 엄마는 머리에 수수부꾸미를 감고 떡을 해 할머니 댁에 가셔서 불쌍한 내 딸 상분이를 조금만 더 데리고 있게 해달라고 사정해 겨우 허락을 받아 상분이 기분은 새처럼 하늘로 날아갈 것만 같았다.

그러나 엄마는 여전히 수수부꾸미를 부치고 자꾸만 누워 계시더니 새 할아버지가 돌아가시고. 그다음 날은 엄마가 돌아가셨다.

하늘에서도 상분이 마음을 아는지 굵은 비가 쏟아지는데 앞에서는 할아버지 뒤에선 엄마 상여가 나가고 있었다. "새야, 새야, 파랑새야, 녹두밭에 앉지 마라, 녹~오옥두 꼬오치 떨어지면 청포장수 울고 간다." 상분이도 펑펑 소리 내어 울면서 또다시 청포 장수 울고 간다. 상여 뒤를 따라가며 부르는 울음의 노래는 동네 사람들도 눈물바다가 되었다.

이제는 엄마가 아주 가 버린 세상이 되었다. 새아버지와 남동생하고 세 식구가 살아야 했지만, 새아버지는 여전히 동생과 같이 팔베개를 해 주셨다. 2월 초하루가 되자 날 떡을 해 먹는다며 떡시루 둘에서 본을 물이 끓을 때 부쳐야 하는데 미리 본을 부쳐 생 떡이 되자, 새아버지는 엄마 생각을 하며 떡 시루를 붙잡고 우셨다.

누나라고 부르는 이복동생 도섭이 하고 놀기도 하며 동네 산도 돌아다니고 딱지치기하다 싸우기도 했지만, 학교 가는 뒷모습이 너무 멋있고 부러웠고 자랑스러웠는데 그만 죽고 말았다.

상분이는 행복했던 대진마을 떠나 본가로 돌아갈 수 없는 운명이 되었다. 고모는 시집을 갔지만, 삼촌들도 장가를 가, 열두 식구가 되어 예전 보다 더 힘든 생활이 시작되었다.

가자마자 입 하나라도 덜기 위해 셋째 작은아버지가 분가하면서 작은 집으로 보내졌다. 아홉 살인 상분이에게 집안일과 농사일도 하며 또 쌍둥이 애기들을 봐야 했다. 또 하루 세끼 감자만 먹어야 하니 감자도 열심히 깎아야 해 친구와 매일 감자 깎기 내기를 해야 그 양을 채울 수 있었다.

그날도 열심히 감자를 까다 보니 아이 하나가 없어져 가습이 철렁했다. 온 동네를 다니며 찾아다니다가, 집으로 돌아와 보니 가마솥 걸어놓은 아궁이에 들어가 놀고 있었다.

꺼내 보니 새카맣게 그을렸고 아무리 씻어도 시커먼 검댕이 지워지지 않아, 작은 엄마한테 혼날 일을 생각하니 가슴 터지는 것 같았다. 드디어 작은 엄마가 오는 소리가 들리자 그만 쏜살같이 집 뒤 안에 숨어 몰래 켜보자 "상분아!" 라고 작은 엄마가 큰소리로 찾았다.

간이 쪼그라들어 숨도 제대로 못 쉬고 벽에 딱 붙어있었다. 작은 엄마는 집으로 들어가 애도 하나 못 보느냐고 상분이를 향해 퍼댄다. 맨발로 집을 나와 갈 곳이 없어, 돼지 우리에 쪼그리고 앉자 "돼지야, 돼지야, 나는 이럴 때 어떻게 하면 좋겠니?" 물어봐도 돼지는 여전히 꿀꿀 소리만 내고 있다.

"그래도 너는 집도 있잖아."

별들이 무수히 많았다. 저 건 아버지별 저거는 어머니별 갑자기 눈물이 펑펑 쏟아졌다. "엄마가 무척 보고 싶어요." 울면서 김칫독을 묻는 벼 집 사이로 들어갔지만, 여름이라고 해도 추워서 쪼그리고 앉자 잠이 들고 말았다. 아침이 되자 동네 아줌마한테 발각되어 작은 엄마한테 혼나는 걸 면

했다.

다시 소 키우는 집으로 가게 되었다. 상분이가 하는 일은 소먹이 일을 하러 다니는 것이었다. 황소 두 마리에 새끼 두 마리, 네 마리를 거두는데 상분이 덩치보다 몇 배나 큰 소를 끌고 가려면 소가 상분이 발등을 찍으면 얼마나 아픈지 많이 울기도 했지만, 밥을 얻어먹는 일은 그다지 쉬운 게 아니었음을 일찍부터 학습했다.

하루는 아침 일찍 소 줄을 잡고 입으로 흥얼거리며 논둑 길을 가다 걸음을 멈출 수밖에 없는 일이 벌어졌다. 어디선 가 "아리랑, 아리랑, 아라리요. 아리랑 고개를 넘어간다."처음 들어보는 소리가 얼마나 구성진지 상분이 마음에 착 달라붙어 정신을 못 차릴 것 같아. 소 줄을 팽개치고 음악 소리가 들리는 집으로 용기 있게 들어가 물으니 "이건 아리랑이야" 하고 부자 같은 아줌마가 말해주었다.

또 어디서 나오느냐고 하니 주인은 유성기를 가리키자, '어떻게 나팔꽃 같은데서... 참말로 희안하네'하며 정신을 차라고 보니 소는 어디론가 사라져 버려 한참 동안 난리가 났다.

그리고 이제는 입으로 "아리랑, 아리랑"라고 하며 노래를 부르기 시작했다. 고향으로 온 지도 3년이 지나 열 한 살이 되자 할아버지는 둘째 아들도 여기에 두었다간 또 바다가 잡아간다며 바다가 없는 강원도 산골 방제리 화전민들이 사는 곳으로 보냈다.

상분이를 보내라는 기별이 왔다. 편지 속에 '찾아가는 길'
이라며 그림이 려져 있었지만, 생선 파는 아줌마들을 따라
기차를 탔다. 기차를 처음 타보는 상분이는 기분이 좋기도
했지만 '못 찾아가면 어떡하지? 진짜 고아가 되는 거 아닌
가?'하며 몹시 불안했고 무서웠다.

아줌마들은 생선 다라를 이고 "꽁치 사세요. 이면수 있어
요" 하며 팔다가 역 아저씨들이 나타나면 생선 위에다 보자
기를 덮고 잠을 자는 척했다.

신포리 역에서 내려 40분을 걸어가 다시 기차를 타야 했
다. 기차를 못 탈까 봐 어른들을 따라가기 위해 고무신을 벗
어들고 부지런히 뛰었다. 몇 번이고 물어 예미 역에서 내려
왼쪽으로 가라는 그림을 따라 한참을 걸어가다 보니 작은아
버지가 서 있었다.

안경다리를 지나 850m 되는 산으로 올라가는데 들국화
가 피어 상분이를 보고 어서 오라고 웃고 있었고, 단풍나무
는 얼마나 울었는지 시뻘겋다. 나뭇잎 색깔은 포로스름 하
고 시퍼렇고 진하고, 연하고 상분이가 보던 바다와는 달랐
다.

하늘도 점점 가까워지는 기분이다. 올라가는 산도 꽤 높았
지만, 건너편에 보이는 두위봉은 몇 배나 더 높아 산이 하늘

과 딱 붙었다. '저기 끝까지 올라가면 우리가 살던 바다가 보이겠지.' 하지만 높은 산은 모든 걸 숨기고 보여주지 않았다.

몇 고개를 넘자 귀신이 나온다고 들은 서낭당을 지나자 버섯 같은 집들이 여기저기 스무 개 정도 있었다. 초가집도 있었고 어떤 집들은 참나무 껍질로 지붕을 했고, 참 억새를 심은 울타리도 보였다. 작은아버지 집은 억새를 꺾어 지붕을 만들고 수수깡을 이리저리 놓고 거기에다 진흙을 발라 벽을 만들었다. 문은 가마니로 말아 올렸다 내렸다 했다. 산을 밭으로 만들어, 돌을 밭 사이로 놓아 밭 임자를 알게 했다.

상분이는 여전히 살림과 농사를 하며 애 보는 일이었고, 이제는 나물 이름도 알게 되어 나물취, 개미추, 가세추와 같은 나물도 뜯으러 다녔고, 나물밥도 하고 광솔(송진) 캐고 이렇게 산이나 들로 다닐 때면 "아리랑, 아리랑"라고 노래를 부르다가 그다음에 생각이 안 나면 봄이구나 나물 이름을 붙여다 부르며 생각나는 대로 지껄이며 노래를 불러댔다. 왠지 노래를 부르면 슬픈 마음도 사라지고 기분이 좋았다.

동네 애들은 아랫동네에 있는 학교에 다니는데 상분이는 여기서도 여전히 학교에 갈 수가 없었다. 동네 최 씨 할아버지네 집에 서당 선생님이 글을 가르친다고 해 하루는 거길 따라가 무릎을 꿇고 앉았다.

도대체 무슨 소리인지 알아들을 수 없어 먼 산만 쳐다보고 있다가 서당 훈장님의 담뱃대로 한 대 맞고 나니 글씨가 눈에 들어와 몇 자 배우고, 그다음부터 갈 수가 없었다.

가끔 서당 앞에 가면 애들이 훈장님한테 혼나고 나와서 "하늘 천 따지, 가마솥 누룽지, 벅벅 긁어서 선생은 개밥 통에 주고 우리는 꽃사발에 먹지"라고 하면서 저들끼리 놀리다가 한 아이가 "가갸 거겨 거랑에 구규 국을 끓여 너녀 너도 먹고 나냐 나도 먹자"하며 한바탕 웃고 안으로 들어간다 상분이가 열여섯 살이 되어도 여전히 먹지 못해 퉁퉁 부은 얼굴이다. 작은아버지는 상분이에게 아무런 말도 없이 뒷골에 사는 강 씨네 집 민며느리로 시집을 가게 했다. 피차 어려운 형편이니 하늘이 알고 땅이 알면 된다며 특별한 예식 없이 물 한 그릇 떠놓고 시키는 대로 절을 했다.

그래도 가마는 타고 한 고개를 넘어 시집을 가서 보니 오두막집에 방 두 칸이 있었는데 문은 짚으로 만든 가마니로 가려놓고 신혼살림이 시작되었다. 그래도 시집을 가니 감자가 아닌 옥수수 조밥이라도 먹을 수 있어서 다행이었다.

동네 사람들은 남편을 보고 용하다고 하며 첫날 밤 신방을 받으며 남편은 너무 쑥스러워 호롱불을 끄고 술을 부어줄 정도로 수줍고 순한 성품이었다. 남편은 저녁마다 한문 공부하러 간다며 나가고 아침에 눈 뜨면 자고 있었다. 손목 한번 잡은 적도 없고, 살결 한번 부딪친 일 없이 남남처럼 살아왔는데 그렇게 사는 거로구나 하며 1년을 지냈다.

1950년 6.25가 나자 여자들은 가마니로 말아 올린 실광(방)에 숨고 상분이 남편은 땅을 파고 숨어 있다가 다시 피난을 갔다가 살아 돌아왔다. 1951년 1.4 후퇴 때 중공군이 밀고 내려오자. 대포알이 등을 타고 지나갔고 아랫마을 지서도 다 타버려 보리쌀을 항아리에 숨겨놓았다.

남편 강철수는 친구와 함께 강제동원 되었다. 나머지 식구들은 안동으로 한 달을 피난을 갔다. 담배조리실에서 잠을 자는 건 그래도 괜찮았다. 강둑에서 잠을 자기도 하며, 이틀씩 자면서 걸어야 했다.

먹을 것이 없어서 나뭇가지로 칡뿌리를 캐어 씹으니 그래도 요기가 되어 계속 씹다가 보면 달콤한 게 아니라 무척 쓰거웠다. 어떤 이들은 아이들이 죽으면 그냥 버리고 돌아왔다.

산 아랫동네에서 잡혀간 이들은 다 살아왔는데 남편 강철수와 친구는 경상도로 갔다고 하지만 돌아오지 않았다. "남의 집 서방님은 다 살아왔는데 우리 집 서방님은 왜 못 오시나? 원자 폭탄을 맞으셨는지 왜 이다지도 안 오시나?" 어디서 주위들은 가사를 주문처럼 외웠다.

일 년을 기다려도 남편은 오지 않았다. 시어머니는 날마다 아래 길목을 바라보며 기다렸지만 끝내 오지 않자 아이도 없어 홀가분한 상분이에게 친정으로 가라고 재촉했다.

어린 시절 어머니처럼 쫓겨나야 하는 신세가 되었지만, 할머니가 이곳으로 보냈는데 받아 줄 리도 없고, 아무리 생각해도 갈 곳이 없어 서글프기만 했다. 상분이는 생각했다.

'내 한 몸 죽는다고 해도 울어줄 사람도 없는데 살아있으면 뭐하나...'

강으로 가고 있었다. 장대비가 쏟아져 내려 흙탕물이 출렁거리며 세차게 어디론가 흘러가고 있었다. 강물을 바라보며 "물아, 물아, 너는 큰 바위에 부딪히면 아프다고 소리치며 어디론가 갈 때가 있구나! 작은 돌들과도 인사하고 가는구나!"라고 말을 건네보았다.

두 물이 모이더니 한 물이 되어 흐르고 있는 커다란 바위에 올라서서 아무리 생각해도 저세상으로 가는 이 순간, 누구에게라도 마지막 말을 할 사람이 없었다. '날이 저물면 너도 울며 밤길을 가겠구나.'

"바람아, 강풍아, 석 달 열흘만 참아다오. 우리 서방님 고기잡이 갔는데..."
애끓는 소리가 터져 나왔다. 그리고 치마를 뒤집어썼다.

치마를 뒤집어쓰고 죽었다는 소리를 들었기에 저절로 죽는 줄만 알고 있었지만, 한참 동안 죽기를 기다렸지만 죽어지지 않아, 할 수 없이 집으로 돌아왔다.

다시 죽을 생각을 하다 보니 목매달아 죽었다는 이야기를 들은 생각이 났다. 집에 있는 끈을 찾아내어 목에다 감고 한참 있어도 안 죽었다. '난 죽을 팔자가 아닌가 보다.' 나중에 안 사실이지만, 물에 뛰어 내려야 하고 목에 끈을 잡아당겨야 한다는 것을 몰랐기 때문이다.

재 너머 산밑에 사는 춘자 아줌마가 찾아왔다. "니, 새로 시집가라 너거 시어머니도 동서도 왜 안가냐고 하던데 내가 좋은 자리 마련해 줄 테니, 가거라."상분이는 '혹시 내가 떠나고 남편이 살아 돌아온다면 어떻게 하지'라는 미련도 있었지만, 당장 옥수수밥이라도 얻어먹으려면 어쩔 수 없어 고개를 떨구고 안 간다는 말조차 못 했다.

그다음 날 춘자 아줌마 남편이 상분이를 데려간다고 왔다. 우선 입을 적삼과 치마 한 벌을 삼베보자기에 싸 들고 따라 나서자 그 옛날 엄마가 쫓겨나던 것처럼 상분이가 그대로 하고 있었다.

'시집오던 해에 심었던 나팔꽃은 오늘도 이슬에 젖어 있구나. 너는 내 마음 알 거야. 우리 낭군 오거들랑 내 없지만, 너라도 마중해다오. 서방님 주무시는 창밖에 피는 나팔꽃

보면서 나의 눈물을 보소서'라는 생각을 하며 눈가에 이슬이 맺혔다.

처음 이곳에 처음 오르던 그 산에서 내려와 평지를 걸어 기차 타는 곳까지 왔다. 다시는 못 올 그 높은 산을 올려다보니 하늘만 자꾸 높아 보였다. 산 아래 조팝나무 꽃이 바람에 휘날리고 상분이를 보고 잘 가라고 흔들고 있었다. 내가 살던 동네 어달리에도 있었던 꽃이다.

'이 꽃은 조밥에서 지었다고 누가 말해다고 하던데, 정말 그릇에 담으면 조밥 같겠네' 하며 조밥이라도 실컷 먹었으면 좋겠다고 생각했다.

기차를 타고 단양에서 내려 보발로 가려면 세 고개를 넘어야 한다고 했다. 지난해 낙엽이 그대로 쌓여 길이 제대로 나 있지 않아 아저씨가 나무 작대기로 풀들을 헤치며 앞장섰고 뒤에서 따라갔다.

두 고개를 넘자 배가 너무 고파 주저앉아버렸다. 아저씨도 얼굴에서 땀방울이 뚝뚝 떨어지고 있었고, 상분이 허리와 잔 등에 땀이 흘러내려 옷이 다 붙어버렸다.

긴 한숨을 쉬고 아저씨도 배가 고팠는지 허리에 찬 삼베보자기를 풀러 펼쳐놓았다. 까마귀 몇 마리가 날아오더니 아주 기분 나쁜 울음소리를 내며 북쪽으로 날아갔다. 보리와 감자가 섞여 있고 군데군데 무장아치도 박혀있는 주먹밥을 입으로 가져다주면서 어서 먹으라며 상분이 쪽으로 가까이 오더니 그만 손을 잡았다. 상분이는 너무나 놀라 온몸이 화끈거려 손목을 빼려 하자 그 아저씨 얼굴이 노을처럼 빨개지더니 숨소리를 내며 상분이를 덥석 앉았다.

상분은 형님이 바르던 동백기름을 몰래 발라 냄새가 확 풍겼다. 처음으로 남자의 품에 안기게 되어 자신도 모르는 눈물이 쏟아지며 펑펑 울어대자 아저씨는 자신의 욕정을 채우지 못한 채 물러서고 말았다. 다시 고개를 넘어가는 동안 둘은 아무 말도 못 하고 따라만 갔다.

상분이가 살던 집과는 달리 꽤 큰 집 대문 앞에 도착했다. 나이 꽤 있어 보이는 아저씨가 나오더니 입을 크게 벌리며 어서 오라고 손짓을 하며 "엉덩이가 뚱뚜므리 하네. 아들은 잘 낳겠네"라고 하며 웃음이 가득했다. 상분이는 그래도 이 양반이 시아버지로 알았다. 상분이를 대문 안으로 들여보내더니 밖에서는 춘자 아줌마 남편이 돈을 받아가는 참이다.

조금 전 그 양반이 싱글벙글하며 들어오자 한 아주머니가 "영감, 그렇게 조우요"하며 상분이를 째려본다. 그제야 '시집가라고 해서 왔는데 부인이 있었네' 하며 분노를 느꼈지만 아무런 말도 할 수 없었고, 돌아갈 수도 없는 처지였다.

알고 보니 상분이는 열아홉 살인데 남편은 서른일곱이라, 분이 하고 열여덟 살 차이나고 부인은 한 살 더 많아 열아홉 살 차이 났다. 부인은 딸 둘을 낳았지만 하나는 죽고 아들이 없어 상분이를 데려와 아들을 낳으라는 것이다. 그날부터 궂은일을 도맡아 하며 큰 부인의 시집살이가 시작되었다.

아들을 낳아야 하는 중책을 맡았으나 큰 부인은 상분이가 오고 나서 일 년 만에 아들을 낳아 경사가 났다. 그 기세는 하늘을 찌르고 시집살이는 더 고달프고 마음도 편치 않았지만, 밥을 먹을 수 있는 곳이다.

상분이도 난생처음 드디어 뱃속에서 요동치는 움직임이 있어 '나도 아들을 낳겠구나' 하고 열 달을 기다려 낳았는데 찢어지는 울음소리에 상분이는 가슴이 조여 왔고, 누워 있을 수도 없어 그다음 날부터 일어나 집안일을 해야 했다. 그러고도 또 딸을 낳자 "도대체 아들을 낳으라고 사 왔더니 또 딸을 낳아 지집년들 딸은 잘 낳네"하며 큰소리치자 큰 부인도 함께 큰기침을 뱉었다.

상분이가 낳은 큰딸이 어느 날 젖꼭지를 물려도 빨지 않고 몸이 늘어져 보니 이미 죽은 아이가 되었다. 큰 소리로 울지도 못했다. 낮에는 집안일에 농사일에 분주하고, 정작 자기 자식은 돌 볼 수가 없었다.

먹을 것을 방에 던져놓으면 울다가 주워 먹고 부뚜막에 놓여있는 비누를 집어먹어 토하고 울고 난리가 나지만, 누구 하나 거들떠보는 이도 없다.

유월 어느 날 뜨거운 땡볕에 밭을 갈기 위해 두 돌 된 아이를 밭고랑에 놓고, 밭을 매는데 아이가 인기척 없어 가보니 열이 펄펄 나 옆집 총각이 자전거에 태워 보건소에 데려갔으나 이미 숨지고 말았다.

상분이는 두 딸을 보낸 어미로서 억장이 무너져 소리도 못 내고 눈물만 부엌 바닥에 적셨다. 집에서 만든 술을 대접으로 퍼마시고 신세 한탄을 했다. 비 오는 어느 날 밤 뒷산으로 가 아이를 파헤쳐 꺼내와 젖을 물리며 "우리 아가 너 어데가니? 어데가니?"하며 구슬프게 울자 남편이 달려와 기절초풍하며 "너 미쳤어?" 하며 고래고래 소리를 질렀다.

나중에 안일이지만 이미 분이 앞에 두 과부를 얻어 아들을 낳으려고 들였지만 실패하고 상분이를 다시 첩으로 들였다고 했다. 큰 부인은 날마다 일 만하고 돈 한 푼 달라고 하지 않은 상분이를 측은하다며 머리를 빗겨주며 쑥맥이라고 했지만 상분이는 그 말이 무슨 뜻인지도 몰랐다.

시월의 바람은 억새 풀을 이리저리 흔들고 있었고 구름도 하늘에 딱 달라붙어 있었다. 상분이는 이 집에서 살아야 할 이유가 없다는 것을 그제야 깨달았다. 우리 엄마처럼 또 쫓겨나야 할 것 같아 집을 나가기로 마음을 먹었다.

고무신 코가 달아빠져 발가락에 걸리지 않아 질질 끌고 단양이란 곳을 찾아가려다 보니 이웃 아주머니가 500원을 주며 고무신 사 신으라고 했다. 태어나서 처음 도시라는 곳에 가자 촌보다 집도, 사람도 많았다. 어디서 들어 본 식모살이를 알게 되어 "식모살이를 어디 가면 할 수 있어요?" 하고 물어보러 다니다가 용케 목욕탕에서 밥하는 식모가 갔다며 일러주었다.

한글을 몰라, 물어물어 찾아가 주인집에서 밥도 하고 살림을 하지만 목욕탕에서 나오는 수건도 빨고 일이 고단했지만, 쌀밥을 먹느라 배는 호강하였다.

하루는 주인아주머니가 목욕탕에서 수건을 가져오라고 하여 목욕탕 문을 열자 옷을 홀딱 벗을 여자들이 왔다 갔다 하며 또 한쪽에서는 담배를 물고 있어 소리를 벼락같이 지르고 나서 눈을 비벼 보았으나 큰일은 일어나지 않았다.

그럭저럭 집을 도망쳐 나온 지 일 년 동안 남편은 농사일도 안 하고 술만 퍼마시다가 어디서 상분이를 보았다는 전갈을 받고 상분이를 찾으러 와 다시 예전처럼 첩살이가 시작되었다.

남편 마흔에 다시 애를 놓기 시작해 딸 셋에 아들 둘을 낳았고 큰 부인은 다섯 살 난 아들을 두고 지병으로 죽게 되었다. 일곱 남매를 맡아, 키우느라 일은 더 많아졌고 큰 부인이 하던 일까지 더해 잠시 쉴 틈도 없었다.

겨울엔 솜바지 저고리를 만들어야 했고, 또 겹바지 홑바지

치마저고리 떨어진 버선까지 지어야 했다. 어려서 배운 길쌈을 밤마다 하느라 손과 무릎에서 피가 나고 정신을 똑바로 차려야 하기에, 베틀 노래를 불렀다.

"배틀 다리는 내 다리요. 강강술래 배틀 다리는 두지(기둥)둥이요. 강강술래 베틀 다리는 네(4)다리요. 강강술래 도투마리는 식구두(식구도) 많다. 용두머리는 호래, 하다가 또 시집살이는 어떻던가. 시집살이 말도 말게 행주치마 열두 폭에 눈물 딱고(닦고) 다쳐지네(젖더라). 친정살이 말도 많고 시집살이 숭(흉)도 많대."

졸음을 달래기 위해 소리하며 밤을 지새웠다.

남편은 58세에 많은 짐을 떠넘기고 저세상으로 가버렸다. 드디어 상분이는 처음으로 제대로 된 고무신을 신고 꽃 가라 치마저고리를 입고 기차를 탔다. 집을 떠나 처음으로 고향 땅 어달리에 갔지만, 누구도 알지 못하는 서러운 땅, 야속한 바다를 바라보며 아버지를 떠올렸다. 아버지 왜 여태 안 오시냐고 물어보아도 대답이 없다.

동사무소에 가서 어머니 이름이 김치순이라는 것을 처음 알게 되었다. 대진리에서 물어물어 산소를 찾아내어 돈 8천 원을 지워 주고 앉아 소리로 목청을 달랬다. "엄니, 울 엄니,

이제야 내가 왔소. 이제 왔다니께"하며 통곡의 메아리는 파도에게도 전해졌다.

죽었는지 살았는지 무덤조차 알 수 없는 강철수가 너무나 보고 싶다. 지금이라도 나타나면 달려가 안아 볼 텐데...

"옥에 갇힌 춘향이는 이 도령 올 때 만 기다린다. 청춘 고원 월색하여 우리 두 사람 짝을 지어 산보 하였네. 서러워 마라. 꽃이 지면 아주 지나 영원히 다시 오련만은. 아리랑, 아리랑 아라리요."

지금껏 불러왔던 어떤 그리움과 기다림의 소리보다 울분을 토해낸다. 눈에 흐르는 눈물은 그치지 아니하며 시내처럼 흘러내린다.

어느새 엄마 무덤에 핀 꽃은 바람에 휘날리고 있었고 어두운 그림자에도 발자국을 남기기 위해 힘을 주어 디딘다. 사랑과 이별을 영혼에 담아 몸은 하산하고 있었다.

"나의 첫 남편 강철수여, 나 이제 다른 곳에 마음 주지 않으리오. 지금이라도 어서 돌아오오... 나의 나팔꽃이여."

5

밥 한 술갈

5
❀ 밥 한 숟갈

영주시 평은면 김 영감네 뒷산은 주름진 병풍처럼 빙 둘러있고 그 위로 하늘이 펼쳐져 있다. 앞 냇가의 고운 모래는 어디서 골라 옮겨놓았는지 맨발로 걸으면 발바닥이 간질거린다.

정남향 집이라 햇볕이 오랫동안 머물고 네모난 기와집 부엌엔 보기 드문 우물이 있으니 그것만 해도 과한데 바깥채에 머슴 집이 세 채나 있었으니 누가 봐도 부잣집인 건 틀림없다. 뾰족한 빨간 지붕에 십자가까지 어깨를 나란히 하니 그게 바로 그림이다.

김 영감은 외아들 상철에게 집 한쪽에 약방까지 차려주었다. 동네 사람들은 김 영감 댁에서 돈도 빌리고, 약도 외상으로 사야 했다. 빌린 돈이나 외상값은 하늘에서 돈이나 떨어져야 값을 수 있을까, 한해 농사지어 묶은 돈을 청산하면 천만다행이고 아니면 또 해를 넘겨야 했다.

80여 호 마을 사람들은 꼭 그 집 앞을 지나야 어디든 갈 수 있으니 불편하기 그지없다. 그래서 나온 말이 "너 김 영감 할래? 구장 할래?"라고 하면 죄다 "김 영감 한다"고 했을 정도다. 구장이란 일제강점기 때 동네 살림을 다 했고, 그 밑에 이장은 별다른 권한이 없었던 때다. 구장의 직함도 꽤 괜찮은 편이었던 잔재가 남아 있었다.

김 영감이 이렇게 어깨 펴고 사는 것도 15여 년 밖이다. 끼니도 해결할 수 없는 집에서 태어나 아침엔 물 한 바가지로 배를 채우고 남의 집 일을 죽을 힘을 다해 재산이 불어난 것이다.

부지런한 김 영감은 이날도 아침 일찍 일어났지만, 살에 붙어 기승을 부리는 이 때문에 연신 구시렁거리며 몸을 긁고 있었다. 머슴인 길동이는 "영감님, 안색이 별로 안 좋으시네요"라고 하자, "이늠아, 난 고놈의 이 때문에 난 못 살겠다"라고 했다.

"뭐라꼬예? 이가 있다고요?"
"야, 이놈아, 넌 이가 없냐?"

"네, 저는요, 이가 정말로 한 마리도 없습니더. 지가 운제 몸을 긁어대는 거 보셨는겨?"

"거참 괴상하네. 지놈 한테 이가 없을 리가 없는데..."

"영감님, 제가 적삼을 벗어 보여 드릴테니 한 번 보실라니껴?"

"그래, 한번 벗어 보아라. 이가 한 마리라도 나오면 이번 달 곡식은 없는게다."

"네, 네, 그럽죠."

머슴은 기세등등하다. 벗어놓은 적삼에는 정말로 이가 한 마리도 없었다.

"히안하네. 이가 어떻게 하나도 없나?"

"이런 비밀을 어떻게 그냥 가르쳐 드리니껴? 쌀 한 가마니 주시면 지금 당장이라도 비법을 공개 하겠니더. 하하하."

"지는 나무하러 가니데이"라고 하며 지게를 짊어지자 "이 놈아, 어딜 가? 저 창고에 가서 쌀 한 가마니 가지고 오너라"라고 김 영감이 소리친다. 말이 떨어지자 머슴은 얼마나 지게를 흔들었는지 지게 다리도 달랑거린다.

"주인님 도대체 적삼이 몇 개나 되니껴?"

"아니, 그건 왜 또 묻나?"

"저는요, 적삼이 달랑 두 개 밖에 없어가꾸요. 빨아서 바루 입어야 하니까 우자니껴. 소죽 쑤는 솥뚜껑에 말리니 이가 왔다가도 다 죽어 자빠지지요."

머슴은 쌀가마니를 지고 콧노래를 부르며 방으로 들어간다.

상철은 가끔 영주 시내를 가려면 바지 가랭이를 걷고 개울을 건너 한참 만에 오는 버스를 기다리자니 여름엔 땀이 줄 줄 흘러내리고 겨울엔 어찌나 추운지, 화가 치밀 때가 한두 번이 아니다. 시내엔 좋은 집도 많고 눈이 번쩍 뜨이는 술집이 있다. 도시 사람들은 너무 재미있게 사는 것 같아 부러웠다. 집에 가서 잠을 자려고 누우면 번쩍거리는 시내 거리가 머릿속에서 빙글빙글 돌아 떨쳐 버릴 수가 없었다.

도시의 부푼 꿈을 안고 논과 밭을 시작으로 하나씩 팔기 시작했다. 김 영감과 부인 숙자가 아무리 말려도 폼나게 살기로 한 고집 때문에 굽힐 줄 몰랐다. 결국은 중심가에 점포가 달린 집을 한 채 사고 제일가는 그릇 가게를 하려고 물건을 산더미처럼 들여놓았다.

안정, 풍기, 이산, 평은 봉화 여기저기서 그릇, 소반, 가마솥, 별거 다 사느라고 금고 소리는 연신 덜거덕거렸다. 주변 사람들은 "김 사장, 우리 친구 하시더"하며 붙기 시작했다. 밥이며 술이며 좋은 세상임을 알려주었다. "아니 사장이 뭐 할라꼬 전방에 붙어있나"라고 하며 일꾼을 두라고 부추겼다

상철은 그들의 말대로 일꾼들을 두었고, 양복에 중절모를 쓴 신사가 되어 여러 단체 기관장 모임에 나섰고 주머니를 점점 열어놓았다. 상철이를 알아주는 이들이 많이 생겨나 도시에 사는 기분이 꽤 괜찮았다.

그러는 동안에 길 건너 더 큰 그릇 가게가 문을 열게 되자 점포는 엉망이 되었고, 일꾼들은 어디론가 다 숨어버렸다. 거래처에서는 물건값 달라고 보채다 멱살까지 잡히자, 결국은 점포를 팔아 간신히 철물점을 차렸다. 하지만 안면은 다 사라지고 빚만 늘어가 결국은 철물점도 닫을 수밖에 없었다.

딸 여섯에 막내아들을 낳아 김 영감 내외 모두 열한 식구가 셋방살이가 시작되었다. 숙자는 '어떻게 오늘 하루 죽이라도 보리밥이라도 먹고 살게 할까?' 늘 연구해야 했었다.

늘씬한 키에 어디나 내놔도 빠지지 않는 미모를 가졌지만 살림 걱정보다는 물을 끓여 수증기를 얼굴에 쏘이는 큰딸은

미니스커트만 입어도 미스코리아 같았다.

끼니마저 어렵게 되자 열여섯 살 된 둘째는 무작정 부산으로 가 담벼락에 붙은 청수직물, 수산시장, 금강 타일, 공장 직원을 모집한다는 벽보에 무조건 돈 많이 준다는 타일 공장에서 밤 10시까지 일을 했다. 이어서 동생들도 하나씩 옮겨오기 시작했다. 혼자 산다고 방을 얻었으니 동생들은 밤에 숨죽이며 들어와 잠을 자곤 했다.

김 영감 부인과 상철 색시마저 어려운 환경을 견디지 못하고 며칠 사이로 저세상 사람이 되었다, 상철도 김 영감과 부산에서 새 둥지를 틀었다. 상철은 김 영감을 돌보며 할 수 있는 일이란 길거리에 버려져 있는 고물을 줍는 것이었다.

어린 시절 집 옆에 있던 교회에서 세운 학교에 다니면서 자신도 성장하면 학교를 세우겠다던 꿈이 씨앗처럼 꿈틀거렸다. 하나둘 모은 고물이 그해 값이 올라 돈이 되자 빈 공터에 나무판자들을 주어와 어설프게 창고를 지어 고물을 넣어두기 시작했다. 하지만 행정기관에서 괭이를 가져와 부수는 일들을 몇 차례 있었다. 나중에 안일이지만 땅 주인들이 민원을 제기한 것이었다.

다시 재기하기 위해 폐차장에서 버스를 사서 고물을 사들여 동원 제철에 납품까지 하자 하루에 천만 원씩 들어와서 다시 폐기물 공장까지 차렸다. 악마의 여신은 또 심술이 났는지 홍수로 인해 물난리가 나자 폐기물이 온 시내를 덮쳐, 행정기관에서 들이닥치고 싸이렌이 울리고 아수라장이 되자 상철의 꿈은 다시 추락의 날개를 달아 자녀들이 공장에서 벌어온 돈까지 모조리 쏟아부었다.

고물상인 버스에서 삶이 시작되었다. 상철은 보리밥에 쌀 한 주먹을 넣어 곤로 불에 밥을 한 다음 숟갈로 쌀밥을 걷어 푸고, 고등어도 한 마리 사면 두 토막은 감추어 놓고 한 토막을 구어 1인용 상에 올리면 아이들은 그 밥상을 연신 쳐다보며 할아버지 마지막 밥 한 숟갈에 집중한다. 고등어는 빈 접시지만 밥그릇엔 항상 쌀밥 한 숟갈이 남아 있기 때문이다. 그럼 누군가 먼저 공격해서 차지하느냐는 그날의 전쟁이다. 까칠한 보리밥 먹다가 쌀밥 한 숟갈은 마치 설탕처럼 달달했다.

85세가 되자 김 영감은 자녀들을 불러 모으며 "나 이제 느 할멈이 있는 꽃밭으로 갈란다"라고 하고 아들의 손을 잡으며 "내주를 가까이하려 하게 함은 십자가 짐 같은 고생이나"라고 부르는 찬송가는 고요함이 자욱했다. 자손들의 곡소리와 할아버지의 얼굴에 번진 웃음은 이중주를 연출했다. "아들아, 고맙다. 손자 손녀들아, 미안하다. 다음에 천국에서 만나자"라고 하고 손을 놓았다.

머리에 흰 서리가 내린 형제들은 처음으로 생일도로 여행을 떠났다. 바다가 보이는 해변에서 30년이 지난 지금 '할아버지는 왜 밥 한 숟갈을 남기셨을까?' 의문이 쟁점이다

미모를 자랑하는 큰딸은 "내가 맏딸이고 지금 70이 넘어도 너희들보다 예쁘지 않니 까칠하게 나 먹으라고 했겠지"라고 하자, 둘째 딸은 "부산으로 자리를 잡아 이사 오게 한 나를 준 밥일 거야"라고 하고, 셋째는 "난 이래 봐도 셋째 딸이야"라고 하며 엄지 척을 하자, 넷째는 뼈밖에 남지 않은 몸을 흔들며 "나를 봐. 비쩍 마른 나를 먹으라고 주셨을 거야", 언제나 일등을 하는 다섯째는 "공부 잘하는 내게 주신 밥이야"라고 하며 으쓱했다. 여섯째는 갑자기 뽀글이 모자를 쓰고 나타나 "아엠 헝글리. 마이네임이즈 씩스"라고 하며 개다리춤을 추자 모두 웃음바다로 뒤집어지고 말았다.

하지만 막내아들은 전공한 바이올린을 들고나와 어머님 은혜를 부르며 "난 김씨 가문에 대를 이어가고 있어요"라고 하며 당연한 것처럼 점잖게 말했다.

결국, 누구를 위한 쌀밥 한 숟갈이었는지 모르는 무승부로 끝났다. 밥이나 음식을 남긴다는 것은 양반들이 음식을 먹다가 남겨서 그걸 모아 하인들에게 주었고, 임금도 다 먹지 않고 남기면 시녀들이 먹었다. 그걸 대궁밥이라고 했다. 지금도 그렇게 밥을 남기는 이들에게는 전해 내려오는 풍습

안에 마음이 담겨 있다.

'아버지가 쌀밥만 도려내어 할아버지께 드리는 정성은 아마도 많은 재산을 다 털어먹은 미안함이 아닐까?' 하는 마침표를 찍었다.

6

새벽 결혼식

6

※ 새벽 결혼식

　　유월이라 하지만 오경(五更)은 스산했다. 칠흑 같은 어둠 속에서 신발을 찾느라 성냥불을 켜고 보물 찾듯이 헤매지만, 짝이 틀린 털신을 신고 있었다.

　소바우 골에서 김춘봉과 이춘자의 결혼식이 있는 날이다. 춘봉이는 학교 소사다 보니 학교에서 무슨 일만 생기면 모두 김춘봉이를 불러댄다. 잠시도 자리를 비울 수 없어 그가 상당히 소중한 사람임을 자부했다.

　꼭두새벽부터 열쇠뭉치를 들고 교장실부터 교무실, 교실, 창고를 한 바퀴 돌며 문을 열어야 했고 시간마다 종 치는 일도 춘봉이 몫이다. 종을 뎅그렁 하고 칠 때면 종소리가 저 산을 넘어가는 것 같아 괜히 마음이 두근거린다.

전날 청소를 다 했지만, 곳곳을 누비며 더러운 곳은 없는 지 쓸고 닦고 운동장을 한 바퀴 돌며 이곳저곳을 살피는 분 주한 아침, 춘봉이의 눈은 언제나 빛나고 있었다.

모두 출근하는 시간이 되면 다시 세수를 말끔히 하고 교 문 앞에 서서 덧니를 드러내며 넙죽 엎드려 절하며 선생님 들을 맞이하고 아이들에겐 손을 흔들며 "어서 와!" 하며 살 가운 정을 나눈다.

화초들은 자신이 물을 줘야 잘산다고 누구도 건들지 못 하게 한다. 날씨가 추워지면 톱밥을 준비해 난로에 불을 때 느라 발을 동동 굴러야 했다. 비가 오나 눈이 오나 춘봉이 가 아니면 학교가 멈추기라도 할 것처럼 어디서나 필요한 존재다.

춘봉이는 엄마의 얼굴을 본 적이 없다. 동네 사람들이 춘 봉이가 지나가면 "에이 불쌍한 녀석, 지 에미가 저놈을 버 리고 가다니"라고 하며 혀를 찬다. 나중에 안 일이지만 엄 마는 키가 늘씬 하고 콧날이 서 있고 눈 쌍꺼풀도 멋지고 속 눈썹도 인형 눈처럼 길었다고 한다. 이런 엄마는 머슴의 딸 이다 보니 머슴인 아버지를 만나 살고 있었다, 하지만 공사 판에 남자들이 오면서 어떤 총각이 엄마를 꼬여 집을 나가 버렸다.

춘봉이 할아버지는 어린 시절 부모님은 다 돌아가시고, 홀로 남았는데 호적이 없었다. 여덟 살이 되자 동네에서 잘 산다는 김 씨 영감 집으로 보내져 머슴으로 살다가 열여덟에 옆 동네 조 서방네 딸과 눈이 맞아 춘봉이 아버지를 낳았다. 어쩔 수 없이 김 씨 영감네 호적에 올려 김씨 성을 따라 아버지 이름은 김윤창이라고 했다.

그 나이가 되도록 품삯은 고사하고 그동안 거둬준 김 씨 영감이 고마울 뿐이다. 김 씨 영감이 죽게 되자 자식들은 땅을 팔아 서울로 다 가버리는 바람에 춘봉이 할아버지는 김 씨 영감네 논밭을 사게 된 양 씨네 머슴으로 보내졌다.

양 씨네 집에는 춘봉이 할아버지보다 열 살이 더 많은 머슴이 있었다. 강원도에서 온 선배 머슴은 고향 동네가 가마터라고 수다를 떨어 아예 가마터라는 별명이 붙어 '가마'라고 불렀다.

춘봉이 아버지가 열다섯 살이 되자 자연히 가마터 딸인 열일곱 살 순님이와 혼인하면서 춘봉이를 낳은 거다. 춘봉이는 나도 양 씨네 집에서 머슴으로 살아야 한다는 생각을 늘 했고, 또 내 자식도 머슴으로 대물림을 해야 하는 운명으로 정해져 있었다.

그런데 소바우 골 학교에 있던 소사가 아이들에게 돈을 받아 떨려 나고 그 자리에 이장이 춘봉이를 앉혀놓았다. 머슴 신분이 하루아침에 학교에 출근하는 교육공무원이 되었다.

한 달 일하면 외상도 없고 떼먹지도 깍지도 않은 월급이 하루도 늦지 않게 틀림없이 나왔다. "농사를 지으려면 비가 안 와도, 너무 와도 걱정이며 곡식이 병이 들거나 이래저래 탈도 많은데 말이야"라고 하며 기쁨이 넘쳤다.

소바우골 국민학교 출신들이 모인 자리에 가면 나 학교에 출근한다고 으스대며 "한 달에 월급을 7천 원씩 받아"라고 하자 농사짓는 친구들은 "와!" 하고 눈과 입이 다 둥그레졌다. "근데 또 생기는 것도 있다. 그게 뭐냐 하면 선생님들이 이사 오면 내가 리어카를 끌고 가 짐을 받아 옮겨주면 고맙다고 500원도 주고, 또 스승의날 엄마들이 계란도 가져오고 또 엿도 해 오잖아. 그럼 나도 준다니까"라고 하자 "야, 너 엿 먹고 있네" 하며 친구들이 웃어댔다. 하여간 어깨에 힘을 주는 날이다.

봄 쑥이 올라오자 동네 아줌마들은 연신 구부정하게 밭에 엎드려 있다. 웬 처자도 나물을 뜯는데 엉덩이는 둥글넓적하고 볼때기는 살이 붙어 통통하고 머리는 곱슬머리이었다.

왠지 엄마의 그리움이 묻어났다. '나에게도 엄마가 있다면 얼마나 좋을까!' 누군가에게라도 엄마라고 불러보고 싶었지만, 그저 마음속으로 '엄마' 하고 소리 없이 불러본다. 내가 크면 그 엄마를 다시 찾아와야지 하는 생각을 늘 했었다.

며칠을 지켜보다 쑥을 뜯는 척하며 친절하게 그 처녀에게 어디서 왔느냐고 묻자. 다랭이서 왔고 이름은 춘자라고 했다. "춘자, 나도 춘봉인데" 하며 나란히 두 사람 다 '춘' 자가 들어가 괜히 남 같지 않았고 키가 크고 마른 형의 춘봉이는 춘자와 잘 어울린다는 생각에 마음이 들떴다.

그런데 춘자는 매일 이곳으로 나물을 뜯으러 왔다. '다랭이에도 나물이 있을 텐데' 하며 춘봉이는 아침만 되면 괜히 설레며 기다린다. 아흐레 되던 날도 춘자가 또 왔다.

푸르고 높던 하늘이 갑자기 검은색으로 무거워지더니 장대비가 쏟아졌다. 춘자를 본 춘봉이는 어서 학교로 들어오라며 손짓을 했다. 하지만 익히 비 피할 곳이 없어 춘봉이가 사용하는 창고로 몸을 피했다. 적삼은 이미 비에 젖었고 치마는 짝 달라붙어 춘자의 몸의 형태가 그대로 드러났고 한 번도 여자를 가까이 해 본 적 없는 춘봉이에게도 자신이 알지 못하는 어떤 두근거림에 순간 춘자를 껴안았다. 순진한 춘자는 당황하여 춘봉이를 밀치고 달아나 버렸다.

춘자야말로 큰일 났다. 남자에게 안겼으니 시집을 어떻게 가냐고 하며 울고불고했지만 누구에게도 말 못 하는 고민이 생겼다. 춘봉이와 춘자는 감히 이 사태를 해결할 엄두도 못 내고 있었는데, 마침 고모가 "춘봉아, 장가가야지"라고 하며 춘봉이 보다 네 살이 적은 스무 살 처자를 만나라고 했다. 고모네 집에서 만나기로 해 얼굴을 씻고 방에 들어서자 그 여자는 바로 춘봉이 가슴에 자리 잡은 춘자였다.

춘봉이는 놀란 가슴을 잠재우며 천연덕스럽게 "안녕하세요? 처음 뵙겠습니다"라고 인사를 하자, 춘자는 말은 못 하고 웃음이 절로 나와 킥킥거리자 고모는 "애, 넌 그렇게 좋냐?" 하고 넘어갔다.

일단 결혼식 날을 받아야 했다. 제천과 충주에 예식장은 있었지만, 춘봉은 '내가 학교에 없으면 누가 학교 문을 열지? 종도 쳐야 하고, 청소는? 교장 선생님부터 아이들까지 나만 쳐다보고 있을 텐데, 또 아이들이 뛰놀다 넘어지기라도 하면 어쩌지!'라는 걱정이 들었다. 이래저래 장가도 못 갈 것 같아 정말 골치 아픈 일이었다.

몇 날 동안 고민을 하다가 '학교에서 결혼식을 하는 거다'라고 결론을 내렸다. 그것도 새벽 다섯 시, 그럼 학교 공부에도 지장이 없을 것이라고 생각했다. 드디어 교장 선생님을 찾아가 사정을 하자 "껄껄" 웃으시며 허락을 하셨다.

친척들은 하루 전날 춘봉이네 비좁은 방에서 자는지 마는지 구부리고 졸고 있었고, 신부 역시 시오리 되는 곳이니 춘봉이네 집에서 합숙할 수밖에 없는 처지다. 새벽 4시가 되자 호롱불을 켜놓고 그래도 신부 화장하느라 분이 덕지덕지 여기저기 붙고 곱슬머리는 산으로 올라가고 있었다.

주례를 맡은 이장님은 양복이 없어 와이셔츠에 빨간 넥타이에 잠바를 입었다. "지금으로부터 김춘봉 군과 이춘자 양의 결혼식을 시작 하겠습니다"라고 한 후 이장님은 연습을 한 번 하고, "흠흠흠" 큰기침을 또 하더니 "이제 진짜로 하겠습니다"라고 하였다.

"지금부터 신랑 김춘봉 군과 신부 이춘자 양의 결혼식이 있겠습니다. 신랑 김춘봉 군이 잠시 앞으로 들어오겠습니다"라고 했지만, 춘봉이는 아무런 행동 없이 조용했다. 그러자 "야, 춘봉아, 야, 임마, 나가. 나가" 하며 툭툭 치는 소리가 나자 이장님은 "신랑 다시 입장하세요"라고 제법 큰 소리로 말했다.

호롱불을 다섯 개나 켜놓았지만, 침침한 가운데 신랑은 비틀거리며 걸어오고 있었다. 춘봉이는 전날 학교 일과를 끝내고 교실을 예식장으로 만들기 위해 책상을 다 치우고 의자를 놓고 주례사 책상도 꾸미고 바닥도 기름을 발라 문지르고 유리창도 새로 닦느라 새벽 네 시가 훌쩍 넘도록 일을 해서 순간 잠에 취해 있었다

신부는 아버지가 없어 이 새벽에 누구를 부를 수도 없어 혼자 입장을 하는데 곱슬머리는 제멋대로고 속치마인지 겉치마인지 아무래도 잘못 입은 것 같았다. 둘을 세워 놓고 주례사는 "신랑 김춘봉 군은 이춘자 씨를 사랑하는가?"라고 묻자 신랑은 비몽 사몽 간에 "네"라고 힘없는 대답을 했다.

다시 "신부 이춘자 양은 신랑 김춘봉 씨를 하늘같이 잘 섬기겠는가?"라고 묻자, 아무런 대답이 없더니 이어 코 고는 소리가 들려왔다. 문밖에서는 하얀빛이 창문을 타고 교실 안으로 들어오기 시작했다. 식장 안에서 모든 이들은 신랑 신부가 잘살게 해달라고 기도하듯이 고개 숙여 졸고 있었다. 이날 피로연은 모두 잠자는 이벤트로 대신했다.

가 시 래 기

7

인생은
뻥 이더라

7
❋ 인생은 뻥 이더라

"뻥이요, 뻥, 뻥, 사세요."

강화도로 가는 청라사거리에서 오후 시간이라 많은 차량
이 밀리기를 소원하며 대로변에서 뻥 과자를 팔고 있다. 어
쩌면 불법을 저지르는 무법천지 자들, 오가는 차량 속에 끼
어 하루의 삶을 맡기는 부부는 오늘도 목숨은 제 것이 아니
었다.

서너 달 전에도 이들과 경쟁하던 뻥 과자 남편이 차에 치
여 딴 세상 사람이 되었지만 분한 소리 한 마디 입 밖에 내
지 못했다. 위험한 줄 뻔히 알면서도 하루 양식이 절박해 오
늘도 몸을 저당 잡히는 인생살이가 되었다.

한 봉지에 열 개가 든 뻥 과자를 떼어다 천 원에 판다. 깨트리지 않고 서른 봉을 팔아야 3만 원이고 원가 1만 5천 원 주고 나면 반타작이다. 서른 봉지를 팔기 위해서 부부가 발에 불이 나도록 뛰어야 했다.

오고 갈 때 드는 차비와 쌀이라도 한 되 박 사야 하고, 두부 콩나물이 주로 먹는 반찬이다. 툭 하면 전기, 전화, 물세 종이 쪼가리는 왜 그리 빨리 날라오는지...

딸년들 좋아하는 호떡도 큰맘 먹어야 사다 준다. 큰딸은 중학교, 작은 건 초등학교에 다니는데 툭하면 손 내민다. 아이들이 몇 푼 안 되는 거 살 달라고 할 때가 가장 힘들다. 차라리 비싼 걸 요구하면 야단이라도 치지만, '나도 왕년에 잘 나 갈 때가 있었다. 그리고 기다려 봐라. 아빠도 이렇게 안 살끼다'라고 이야기 한번 해 보고 싶어도 할 기력도 없다,

그나마 차가 밀려야 사라고 소리라도 질러보는데 평일이라 차가 쭉쭉 빠져 손 놓고 있어야 했다. '차가 다 어디로 간 거야.' 시커먼 비싼 차를 타고 가면서 뻥 과자 천원이 비싸다고 한다.

'그래도 사기만 하면 고맙지.' 남편이 "뻥튀기 주세요"라고 점잖게 말하면 꼭 여편네가 "무슨 뻥 과자야"라고 앙칼지게 바가지 박박 긁는다. 부아가 치밀어 '아이고, 저런 여자랑 왜 살아'하고 그냥 한 대 후려치고 싶은 생각이다.

'나 원, 천원이 뭐 그리 대단하다고, 지껄여.'

'하기야 나는 천원을 위해 이렇게 목숨까지 바쳤으니 할 말이 아니네.'

어떤 사람은 미리 돈을 꺼내 주면서 달라고 하는 최고의 고객도 있지만, 뻥 과자 받아들고 맛이 있느니 없느니 군말을 하면서 돈 찾느라 수선을 떨다가 파란 불이 켜지면, 그만 던지고 달아난다. 뒤에서 크락션을 누르고 난리가 난다. 그런데 저격자는 앞차에 탄 운전수가 아니라, 재식을 보고 욕을 한다. 팔지도 못하고 욕먹으니 원통하다.

때로는 뒤에서 차가 빵빵거려도 100원짜리 열 개라도 던져주면 욕을 먹어도 괜찮다. '그래 욕이 대수냐. 그래 나는 이 돈 천 원에 살고 죽는다. 이놈들아 그래도 내가 제일 좋아하는 고객은 뻥 과자 한 봉지 사면서 '수고하십니다. 감사합니다'라고 하는 사람이야. 그러다가 '참 우리 시어머니 것도 사야지'라고 하며 따블로 사는 사람이 최고의 손님이지. 제기랄, 감사는 내가 할 소리지'라는 생각을 하면서 차 뒤꽁무니를 보면서 "1234번 차 천당 가야제" 하며 또 "뻥이요, 뻥, 뻥 사세요" 노래하듯 외친다.

'인생은 다 뻥이 아닐까?' 부모가 자식을 낳아 "너는 공부도 잘해서 장관이 될 거야. 장군이 되어야 해. 국회의원 에라 대통령도 좋지"라고 하고 "야, 이 베라먹을 놈아"라고 욕하기보다는 "에이, 부자가 될 놈, 앗따 출세할 인간 같으니라고" 입으로 수없이 뱉어 보지만, 어디 그렇게 되었냐고? 다 뻥이었어.

울 엄마는 안 그래 시냇가에서 매일 망치로 큰 돌을 깨어 자갈을 만들면 트럭이 와서 싣고가면서 종이돈 몇 장 쥐 어주면, 돈을 치켜들고 "우리 아들 판사 되겠네"라고 했지만, 결국은 그것도 뻥이었잖아. 돌이 꽃으로 보였나 아니 돈으로 봤겠지.

밥도 못 먹어 간신히 죽으로 버티며 살아가고 있다. 학교에서 가지고 오라는 미술도구도 못 챙겨 가면, 머리를 파마하고 검은 뿔테안경을 쓰고 귀에 무얼 달았는데 그게 귀고리라나 그 여 선생한테 뒤지게 혼나고, 선생들이 나를 때려도 나 울 엄마 원망 안 했어. 없어서 못 주는 엄마가 무슨 죄가 있어.

한 달에 한 번씩 내는 월납금이 350원인데 선생님이 조회 시간마다 이름을 부르고 교무실에 불려가고 난리를 치면 한절반 돈이 들어온다. 그래도 안 내면 운동장에 온 종일 세워두면 여름엔 머리가 지글지글 타며 금방 불이라도 날 것 같다. 그러면 또 조금씩 들어온다. 선생님이 참다못해 울 엄마를 찾아가 월납금을 안 냈다고 사정하면 신용 있는 우리 엄마기에 쌀집에서 빌려주면 그걸 갖다 냈다.

나도 결혼할 때 우리 진숙이한테 잘해준다고 사랑한다고 좋은 소리는 어디서 다 주워들어 행복하게 해 줄게 제주도 하늘에 있는 별을 다 따줄 것처럼 포장을 그럴싸하게 치장을 했었다.

보통 웨딩마치 울리고 나면 남들은 보통 1년에서 3년까지는 눈꺼풀이 안 벗겨진다고 하던데, 난 3개월 지나자 눈꺼풀이 후딱 벗겨지더군. 하기야 내가 누굴 좋아서 결혼했나. 결혼해야 한다니까 그냥 해버린 거지. 나도 어쩔 수 없는 뻥쟁이 인자가 있었나 봐. 그래서 오늘도 뻥 장수인가?

어떤 정치인들은 돈 좀 줬다는 비싼 차에 운전기사도 따라와 꼭 문을 열어줘야 내리고 또 문은 반드시 운전사가 열고, 닫아야 하는 법칙이 있는가? 그러니 얼마를 내고 버스를 타는지 소주 한 병이 얼마인지 또 라면은 먹겠어. 아니 얼마인지 알면 뭐해 누군가가 다 결재해주는데.

선거철만 다가오면 어떤 이들은 딱딱했던 얼굴에 근육을 풀고, 봄 색시 같은 얼굴로 손목을 잡아끌며, "제가 이번 선거에서 당선되면 어머님들 편하게 사시게 해드리겠습니다"라고 하지. 말의 꽃이 좋다. 끝나고 나면 "나 찾아봐라"라고 하고 숨어버린다. 그것도 뻥이다. 아! 4년마다 정기적으로 얼굴 디미는 행사더라고.

지랄 나게 친했던 종국이, 그놈은 내가 태어날 때부터 고 등학교까지 함께 다녔고, 그뿐이야. 없는 우리 집에 와서 국수는 왜 그리 많이 먹는지 그때는 울화통이 터졌다.

그런 내 친구 종국이가 "보증 한 번만 서주면 니, 은혜 평 생 잊지 않을게"라고 하며 죽을상을 하길래 우정을 듬뿍 담 아 또 옵션으로 "너는 내 영원한 친구야"라고 하며 도장 하 나 꾹 눌러 찍어 줬더니, 돈 벌어 어디론가 날랐어, 내가 보 증 선 거, 결국은 내가 장차 똥 풀, 돈을 가지고 튄 거다.

바보 같은 나에게 너무 화가 나 찾고 싶지도 않아. 지옥 가서는 만나겠지. 그놈이 나를 뻥 장사로 만든 장 본인이야. "그래 네놈이 나를 이 시커먼 길바닥에서 인생 교육시키냐? 고맙다. 이 뻥쟁이야"라고 하자 진숙이는 옆에서 히죽히죽 웃고 있다.

"나보고 원래 뻥 과자 장사냐고 묻지를 말라. 나도 한때는 잘 나가는 대 기업 간부였다고, 전해 주어라"라고 하며 작사 작곡하여 부르면서 위안을 받기도 한다. 대기업 상무로 한때 는 구두도 제 손으로 안 닦고 회사 앞 구두닦이한테 가 "어이, 신발 좀 한번 밀어 봐"라고 했다. 일본말을 빌리자면, 가 다를 재고 다닌 재식이다.

일곱 명 딸 밑에 막내아들인 재식이는 어머니가 꼭 할머니처럼 보였다. 그래서 엄마가 학교에 오는 것 보다 안 오는 게 차라리 더 좋았다. 애들이 "니네 할머니 오셨다"라고 하는 게 제일 싫었다.

차라리 누나가 오는 게 훨씬 마음이 편했지만, 고놈의 누나들이 그렇게 오란다고 오는 성질이 아니다. 건빵 공장, 번데기 공장, 미싱사로 다니는 누나들을 한번 오게 하려면 마루를 닦고 마당도 쓸고 시키는 심부름을 죄다 해야 하니 그것도 무척이나 치사했다.

재식이가 대학을 졸업하자 가문의 영광이라며 우리 집에 대학생이 다 탄생하다니 하시면서 아들 출새 길이 뻥 뚫린 줄 아셨다.

재식은 드디어 학교 선생으로 취직을 했다. 어머니는 아들이 선생질하게 되었다며 동네방네 소문내느라 분주했다. 조그만 병원장이 하는 사립 중학교는 재식이가 다닌 그 학교였다. 월급도 제대로 못 주는 학교라는 걸 아는 사람은 다 알고 있다.

애들한테 월납금이 들어오면 선생 월급을 줘야 하는데 지붕이 샌다면 몇천 원 주고 만다. 말이 선생이지 리어카꾼이나 노동자보다 못한 월급이지만 박재식 이름 뒤에 붙은 선

116

생이란 이름표가 위안이다.

학교를 일 년 다니자 영장이 나왔다. 여학생들은 울고불고 난리다. 손수건을 만들어 이별 선물로 주었으며. 군 복무를 하는 동안 제자들은 연신 편지를 보내오자 동료들은 그 제자들을 좀 소개해 달라고 졸랐다.

또 분대장은 명령하듯 했지만 '내가 그래도 선생인데 제자에게 남자를 소개 시켜 줄 수는 없지'라는 생각에 불복종하자, 분대장은 변소청소도 노다지 시켰고 이유 없이 때렸다. 어연 전방부대에서 28개월 군 복무를 마치고 사나이는 푸른 꿈을 돌아왔지만, 어머니는 여전히 돌꽃 캐는 노인이었다.

대학 졸업하고 4년을 지나고 보니 00대학 졸업생도 별반 인기가 없었다. 이곳저곳 기웃거려도 보아도 익히 갈 곳도 없었지만, 월급 제대로 안 주던 그 학교마저 자리도 없었다.

재식이는 받아줄 곳이 없다는 배신감으로 집에서 빈둥거리며 벌렁 드러누워 있었다. "박재식 씨 계십니까?" 빨간 가방을 멘 우체부가 편지 한 장을 들고 서 있다. 편지봉투에는 우리 동네에서 어릴 적부터 친하게 지내온 내 친구 오창식이라고 쓰여 있다.

"야! 재식아, 우리 엄마한테 편지가 왔는데 니가 제대하고 놀고 있다고 하길래 노가다라도 하려면 상도에 있는 상도제철로 와라"고 주소까지 보내왔다.

창식이는 중학교도 간신히 나와 노가다라도 한다지만, 그 힘든 대학을 우리 엄마가 보냈는데 하며 씁쓸한 마음이 들었다. 하지만 지금 상태로는 선택에 여지가 없었다. 몇십 년 동안 돌을 돈으로 알고 계시는 어머니도 이제 칠십을 훌쩍 넘어 힘을 못 쓰시니 짐을 챙겨 상도로 갈 수밖에 없었다.

어머니가 "니 어디가노?"라고 물으시길래 "엄마, 나 큰 회사에 취직했어"라고 하자 어머니는 장아치를 싸주시며 "굶지 마라"고 하셨다. 밥 굶는 게 한이 되셨는지 다른 어메들은 "길 조심해라"하던데 엄마의 주문은 달랐다.

정문에 들어서자 새카만 차가 번쩍거리며 지나갔고, 어머니가 챙겨주신 짠 반찬과 밥을 싸서 일터로 갔다. 큰 회사에서 노가다하는 건 맞는데 회사 직원이 아니라 노가다 왕초로부터 데려다 일을 시키는 잡부였다.

가장 힘든 건 뜨거운 열이 쏟아지는 쇠와 싸우는 땀과의 전쟁이었다. 퇴근하려고 정문을 통과할 때면 경비원들이 '어디서 물건을 훔쳤는 가' 하고 도시락 가방을 뒤지곤 했다.

노가다 왕초 위에 회사 직원인 반장이 있었다. 그 사람은 회사 제복을 입고 우리 왕초한테 일을 시키는 일만 했다. '저 사람은 월급은 많이 타겠지.' 부러웠다. 한 일 년쯤 지나자 반장 눈에 들어 노동을 하지만, 명분 있는 회사원이 되었다.

비록 안에서는 노동일을 하지만 밖에 나가면 우리나라 대기업 상도 제철 다닌다고 말할 수 있는 게 어딘가! 어머니하고 친구들한테도 폼나게 이야기할 수 있잖아.

그럼 우리 어머니는 아들이 큰 회사 다닌다고 날마다 자랑하시겠지. 그럼 "여태 돌 깨시더니 출세했네"라고 그러겠지. 그래 우리 엄마만 좋으면 돼. 한 이년쯤 지나자 반장이 하루는 "박재식, 퇴근하고 나 좀 보세"라고 분명히 부드럽게 온화한 목소리로 말했지만, 재식은 아무리 생각해도 잘못한 것이 없는데 차라리 잘못이 있다면 예측이라도 할 텐데, 이런 게 더 불안했다.

여섯 시가 되자 커피 두 잔을 들고 왔다. '나도 반장을 하면 소원이 없겠다'라는 생각을 하는데 "재식이, 고향이 어디야"라고 묻자 "네, 강원도 원주시 신림면입니다"라고 군인처럼 말했다.

"그래 학교는?"
"OO대학을 나왔습니다."
"대학?"

되묻는 반장은 눈이 둥그레졌다. 60년대 대학에 입학하면 현수막이 붙고 직장에서 고졸도 대단한 때였다. "대학이라"라고 하며 "그래 그동안 뭐 했어?"라고 묻는다.

"군인 가기 전에는 학교 선생을 했습니다." 어느 학교냐고 물어보지 않아 천만다행이다. 그러면서 내심 안도의 숨을 내쉬며 '맞잖아 나 분명히 선생한거...'라는 생각을 했다. '그것도 역사 선생님' 속으로 크게 한번 웃어보았다.

"'거, 도시락 짊어지고 다니는 걸 보고 공부도 못했으니까 이런 걸 하지'라고 하면서 뭔가 좀 다르긴 했어. 그럼 내가 학생이라고 여기고 나 좀 공부 좀 시켜 봐"라고 하며 호탕하게 웃었다.

"그럼 제가 영월 청령포로 반장님을 모시고 가도록 하겠습니다. 청령포란 단종 왕이 유배를 간 곳이지요. 문종의 아들 단종이 12세 나이에 왕위에 올랐지요. 그런데 워낙 몸이 약해 문종이 황보인과 김종서에게 세자를 잘 보살펴 달라고 부탁을 했지만, 숙부인 수양대군은 모든 권력을 장악하게 되었고 단종은 자리에서 물러나게 되었지요. 그래서 제천을 지나는 고개에 올라 쉬면서... '서운하다'라는 말을 남겨 그 고개를 서운 고개라고 했는데 세월이 지나면서 서울 고개라고 부르지요. 서운 고개에서 1km 떨어진 곳에 독심봉이 있는데 많은 이가 산책을 하는 작은 동산이지만 단종의 충신인 원호가 이곳에 와서 청령포를 바라보며 눈물짓던 곳이었습니다. 홀로 독, 마음 심, 봉우리 봉, 독심봉인데 근래에 와서는 독순봉으로 부르고 있습니다. 그럼 관람정으로, 이곳에서도 원호가 산과실을 따서 표주박에 담아 물에 떠내려 보내면 단종 왕이 그것을 받아먹었다는 이야기가 있습니다."

지겹도록 가르친 역사지만 세월이 지나도 식지 않고 줄줄 꿰었다.

"그럼 또 세종대왕으로 갈까요?"
"아이고, 됐어. 한글 만들고 뭐야? 알아. 안다니까?

"참 생각보다, 보기보다 다르네. 실은 말이야 고 대리 본적 있지? 개가 말이야, 도박을 해서 회사를 못 다닐 지경이야. 내가 손 과장한테 자네, 이야기를 할 터이니 그리 알아"라고 하며 자리를 떴다.
그다음 날 재식에게 책상 하나가 주어지더니 책상 앞에 대리 박재식 명패가 붙어있었다. 제복 입은 반장도 과분한데 대리라고 마치 하늘에서 큰 별이 재식이에게로 떨어졌다.
재식이가 잘하는 게 있다면 바로 명필이다. 아버지는 징용군으로 끌려가 죽었다는 설이 있지만, 부친이 물려준 선물은 글씨를 잘 쓰는 거다. 직원들이 서류 표지에 글씨를 써달라고 내밀면 멋 떨어지게 써놓고 "저 이렇게 밖에 못 써유" 라고 하며 겸손을 담았으니 재식의 주가는 날로 치솟았다.

그리고 몇 달이 지나자 갑작스레 본사 발령, 그것도 감사 팀으로, 새로운 일들이 홍수처럼 밀려들어서 정신이 없었다.

본사에서 승승장구하여 2년 만에 상도 제철에 감사하러 가게 되었다. 버스에서 내리자 새카만 세단 차가 대기하면서 직원 몇 명이 나와 가방까지 받아들고 차 문까지 열어 주었다. '왕의 기분이 이런 건가' 하며 정문에 다다르자 정문을 지키는 경비원들이 몸을 일자로 곤두세우고 거수경례를 하며 서 있다. 재식이가 노동일 하러 다닐 때 도시락을 뒤지던 그 경비원들이다. 재식은 변했고 그들은 그대로다. 묘한 기분이다.

연로하신 어머니는 자손이 귀하다며 결혼할 것을 졸라 첫 번 중매에 선을 보고 스물일곱 살 늦은 나이에 부잣집 처녀와 결혼을 하게 되었다. 그러나 어려운 집에서 살아온 재식이와 부인 사이에는 경제적 가치의 개념이 달라서 돈 한 푼 아쉬워해 본 적 없는 처 진숙은 비싸고 좋은 옷만 입어야 했고 누가 색다른 가방을 들고 신발을 신고 다니면 반드시 사야 직성이 풀리는 여자였다.

그리고 음식도 재료를 사서 정성껏 준비하는 게 아니라 무조건 만들어 놓은 반찬을 사거나 아니면 시켜 먹거나 한다. 진숙은 돈도 못 벌어놓은 무능한 남자라며 그동안 뭐 했냐고 악다구니를 쓴다. 친정에서 살던 식으로 사고 싶은 것, 먹고 싶은 것 자신의 욕구대로 행동하는 것이다.

월급봉투를 갖다 주면 봉투째 들고 다니며 쓰는 버릇 때문에 보름만 지나면 월급을 다 썼다는 거다. 재식이가 참고 살아온 지 2년이 지났다. 여기저기서 날아드는 빚 때문에 싸움이 잦아들자 진숙은 어느 날 바람처럼 사라지고 말았다.

재식은 여덟 살, 일곱 살 난 딸아이들을 깨우며 옷 입히고 스스로 밥을 먹어야 하는 모든 행동을 타이르며 출근을 먼저 하며 학교에 보내야 했다. 어느 날은 퇴근하고 오니 침대에서 라면이 냄비와 함께 쏟아진 채 뒹굴고 있었다.

화가 난 재식은 잠자고 있는 큰아이를 깨워 몇 대 때리고도 분이 풀리지 않았다. 울다 잠든 아이에게 다음날 물어보니 라면을 끓였는데 아빠가 안 와서 식을까 봐 침대에 놓고 이불을 덮어 놓았다는 거다.

회사직원이 학교에 다녀와서 순미가 학교에 안 왔다는 이야기를 했다. 화장실에 있다가 나오다 보니 등 뒤에서 직원들이 "도대체 애 엄마는 어디 간 거야?"라고 하며 수군거렸다.

등 뒤에서는 "그런 전화를 왜 아빠한테 해?"라고 하며 수

군거렸다. 분명히 아침에 학교를 보냈는데. 부랴부랴 동네 이곳저곳을 찾았으나 끝내 놀이터에서 그네를 타고 있었으니 재식은 미칠 것만 같았다. 참을 수가 없어 아이를 사정없이 때리자 엄마가 학교에 가는 날인데 아빠한테 말하면 아빠가 속상할까 봐 학교에도 못 갔다는 거다.

이렇게 직장에 가면 아이 맡길 때도 없는 처지다 보니 '아이까지 돌보며 밥을 굶지 않을 묘안이 있을까?' 하고 고민을 하다가 퇴직금으로 진숙이 빚을 청산하고 다시 고향으로 내려와 셋방살이가 시작되었다.

그런데 변소를 한 번 쳐가고 천 원씩 받아가는 게 아닌가. 그래 바로 이거다. 곧장 철물점으로 가 지게와 물통을 사서 지게 양옆에 물통을 걸치자 마치 저울처럼 보였다. 그래 양 기울기가 같아야지 하며 새로운 도전을 했다.

나름 하나, 둘, 일거리가 들어왔고, 냄새나는 이유로 새벽에 치워주기를 원했다. 이른 아침 자는 아이들을 바라보며 서둘러 두세 집을 다녀와 밥을 해 학교에 보내고 청소며 빨래도 할 수 있는 주부의 시간이 주어진다.

또 새벽이라 사람들 눈에 뜨이지 않는 게 천만다행이다. 처음엔 냄새 때문에 코를 싸매고 일을 했지만, 돈은 그 냄새도 덮어주었고 그럭저럭 밥벌이가 되었다.

진숙이네 친정집 양조장에는 아버지가 사장이고 공장장,

불을 대는 화부, 배달원, 사무원, 잡부, 다섯 명이나 있었고, 또 밥하는 아줌마도 있었다. 쌀로 한 고두밥에 곡자를 넣은 모주를 아버지가 맛을 본다고 마시면 진숙이도 막걸리는 맛이 없다며 모주를 연신 마셨다. 또 명주를 주머니에 넣고 짜면 약주가 되는데, 그것도 마셔가며 일꾼들에게 술이 맛이 있니 없니, 잔소리까지 할 정도니 술을 마시면서 맛도 알고 양도 점차 늘어갔다.

주전자로 막걸리를 사러 오면 한 되에 400원씩 팔지만, 주막에는 자전거와 마차로 말 통 배달까지 했으니 돈을 쉴 새 없이 들어왔다. 진숙은 돈 쓰는 일은 그저 놀이 삼아 하며 소주를 물 마시듯 들이켜 늘 취해 알코올 중독자가 되어 결국은 시설로 보내지게 되었다.

진숙이 아버지는 돈은 영원히 자신에게서 떠나지 않는 것으로 알고 기세등등했지만, 여자와 노름은 공장은 문을 닫게 했고. 야반도주해버렸다.

진숙이는 과거의 환상에서 벗어나지 못해 많은 이들에게 "내가 청주 부잣집 딸이야. 우리 집에 식모가 셋이야"라고 아무리 떠들어도 누구 하나 먹을 것 하나 사서 찾아오는 이도 없고, 부자 흉내라도 내면 그럴 듯 하지만 도무지 그럴만한 기색이 안 보이자 모두 뻥친다고 말한다.

진숙이가 지나치게 잘난 척을 하자 모두 딴방으로 보내라고 간호사에게 조르지만 이미 딴방에서도 진숙이는 절대로 못 오게 연막을 쳐놓은 상태다. 여섯 명이 이용하는 병실에 맨 구석 침대에 진숙이고 바로 옆에 처녀가 진숙이처럼 술을 못 끊어 끌려왔는데 그 엄마를 보고 찾아오는 이들은 모두 "집사님" 하고 불러댄다.

시도 때도 없이 많은 이들이 찾아와 귀찮기는 하지만 그래도 먹을 것을 사 오면 진숙이를 빼놓지 않고 반을 나눠준다. 그것까지 좋은데 남자 여자 서너 사람이 오더니 웬 남자가 처녀 머리에 손을 얹고, "예수께로 가면 기쁘리로다"라고 하면 여자들이 "아멘, 아멘" 하고 나가버린다.

아~이~구, 어디로 가 그런데 기뻐 개뿔이나 그 지긋지긋한 이상한 노래 좀 안 했으면 좋겠는데 그래도 한 병실에서 밥은 먹었냐 어디가 아프냐 하고 다른 환자들이 진숙이 보고 뭐라고 빈정대면 내 편을 들어주는 사람은 집사라는 사람이다.

"아줌마는 이름이 집사고 또 성은 뭐라고 합니까?"라고 묻자 "아이고, 나 환장하겠네. 집사도 몰라? 아무리 교회를 안 다녀도 그렇지"라고 하자 또 옆에서는 "집을 사는 사람이야"라고 놀려대며 웃고 난리가 났다.

"집사는 이름이 아니고, 교회 다니는 사람들에게 이름 뒤에 붙어 다니는 직함이야 그 뭐라, 왜 천주교에는 세례명 왜

디모데 뭐, 뭐, 그런 거 하여간 그런 게 있어. 좀 다르지" 라
고 하며 저쪽 끝에서 가르쳤다.

진숙이야말로 양조장 딸이니 누구도 교회 가자고 이야기
한 사람이 없었으니 금시초문이다. "또 목사는 뭐야?"라고
하고 콧방귀까지 끼고 있는데, 아주 굵직한 목소리로 "하나
님 아버지, 이 딸을 불쌍히 여겨 주십시오. 아멘"이라고 하
였다. 그 푸근한 솜 같은 목소리 잔해가 가슴속에 스며들었
다. 진숙이는 눈을 감고 안 듣는 척하면서 다 들어버렸다. '그
런데 아버지가 여기서 왜 나와? 개네 아버지는 없다고 하던
데 그리고 툭하면 아멘은 뭐야?' 웃음거리가 될까 봐 또 물
어볼 수도 없었다.

이런 일들이 매일 반복되었다. 안 듣고 싶어도 안들을 수
가 없는 상황이었다. 그동안 받아먹은 뇌물 때문이다. 어느
날 아멘이니 노멘이니 아무 짓도 안 하는 날이면 괜히 심심
했다. 한 달을 별난 일들을 다 보다가 드디어 집사네 딸이 멀
쩡하다며 퇴원을 해버렸다. 오뉴월에 불을 쬐다 피하면 서
운하다 하던데 그 짝이었다.

그런데 진숙이한테 "예수께로 가면 기쁘리로다"가 머릿
속에 콱 박혀 떠나지 않고 이제 입으로도 자꾸 그 말이 튀어
나왔다. "비 맞은 중이 중얼거린다고 했지. 아마도 내가 술
을 너무 많이 먹어 머리가 잘 못 된 거야. 아니면 귀신에 홀

린 거야." 아무튼 곡조 없이 그냥 말이 나와 버린다. '예수께로 가면 기쁘리로다. 나중에 어디로 가면 기쁘리로다. 어디로 가면 기쁠까?' 아무리 생각해도 통 알 수가 없었다.

하루는 화장실을 다녀오는데 그 솜 같은 목사가 저쪽에서 오고 있었다. 걸음 앞에 서버렸다. "목사 씨, '어디로 가면 기쁘리로다'입니까?"라고 묻자 그 목사는 주춤하더니 "아! 예, 예수께로 입니다"라고 친절하게 말했다. "아니, 어디로 가야 하냐고요"라고 다시 묻자 "자, 그럼 제가 내일 다시 오겠습니다"라고 하고 사라졌다.

지루한 하루를 기다려 그 목사가 나타났다. 그러더니 집사 딸한테 하듯이 진숙이 머리에 손을 올려놓고, "이 딸을 불쌍히 여겨 주십시오. 아멘"이 끝이었다. 진숙은 "그게 아니고 예수께로 가면 기쁘다고 했는데, 거가 어디냐고요?"라고 소리를 버럭 같이 질렀다. 그러자 "내일 다시 오겠습니다"하고 또 갔다.

며칠을 똑같이 하더니 술을 먹고 싶은 마음이 사라졌다. 그제야 목사라는 사람이 "퇴원하시고 지구교회로 오세요"라고 하고 돌아갔다.

진숙은 지긋지긋한 병원 가운이 아닌 일반 옷으로 드디어 갈아입게 되었다.

하지만 친정집은 어디로 갔는지 알 수가 없었고 짐을 챙겨

가방을 품고 접수처 앞에서 아무리 궁리해도 갈 곳이 없다.

내 친구 정자는 가난뱅이라고 너거 집은 맨날 죽만 먹냐 비웃었으니 안 되고, 이모는 돈 꾸러 우리 집에 왔는데 아버지가 한 푼도 안 꾸어 주었으니 면목이 없고 삼촌도 작은집도 마찬가지다. 오라고 한데는 지구교회뿐이다.

'그래 거기라도 가 보자' 하고 찾아가자 일요일 11시 문이 열린 곳을 들여다보자 또 예수께로 가면 기쁘리로다. '아! 저 지겨운 저 노래 또 하네' 하며 자신도 모르게 들어가 앉자 머릿속에 든 가사를 꺼내어 가며 열심히 불렀다. 그러자 마음이 점점 기뻐지기 시작했다. 저 앞에 있는 남자가 바로 솜 같은 목소리다.

모든 일이 끝나고, 솜 아저씨와 마주 앉게 되었다. 진숙은 살아온 이야기를 빠짐없이 털어놓으면서 눈물이 쏟아져 내렸다. 잘못 살아옴을 처음으로 느끼는 순간이었다.

무슨 일이 있어도 가정을 지켜야 한다는 간곡한 부탁에 갑자기 아이들이 보고 싶어졌다. '얼마큼 컸을까?' 궁금해지기 시작해 마음이 조급했다. 그 솜 목사는 봉투에 돈을 쥐여주며 식구들부터 어서 찾으라며 내몰았다.

수소문해 찾아가는 기차 안에서 '돌아온 날들을 바라보며 아이들을 어찌 볼 수 있을까' 눈물이 얼굴을 가렸다. 드디어 집을 찾아가자 남편은 대기업 상무가 아니라 똥을 푸고 있었다. 과거 진숙이가 아닌 다른 여자로 찾아온 부인을 다시 맞이할 수밖에 없었다. 재식은 돈을 벌러 가는 사람이고 진숙은 주부가 되었다.

그러나 똥 푸는 일을 군청에서 직접 하게 되자, 재식이는 다시 실업자가 되었다. 재식은 땅을 빌려 하우스를 지어 꽃 모종을 심어 내다 파는 일을 시작했지만, 꽃 재배도 큰 덩어리에서 해야지 하우스 하나에 반은 살림을 하고 절반 정도 심으니 계산이 제대로 될 리가 없었다.

그래도 밥하고 빨래하는 진숙이는 "기쁘리로다"라고 하며 웃고 있다. 정신이 나간 건 아닌 것 같은데, 옛날 그 여자가 정말 아니다. 나는 새로 얻은 여자랑 살고 있는 거야. 잘난 척도, 돈 있는 척도, 남을 깔보는 일도 없고 대체 뭐야? 그리고 매일 기쁘리로다. 재식이는 "기쁘리로다" 하면 뒷말 잇기처럼 "나 환장하겠네"라고 하며 후렴을 불렀다.

비닐하우스에서 사는 일도 접어야 할 때가 왔다. 땅 주인이 집을 지어야 한다며 이사비용이라며 50만 원을 주며 나가라고 했다. 어차피 모종 사업도 죽을 쓰고 있던 차에 잘됐다 싶었다. 그래서 방을 한 칸 마련하고 양평 강 주변에서 낚시용품 장사를 했다. 서울이 가까운지라 주말이면 많은 이들이 낚시하러 오면 그런대로 낚시대를 파는 데, 민물낚시와 바다낚시가 다르고 구멍찌, 막대찌 낚시, 줄, 먹잇감 이래저래 종류가 많았다.

장사가 잘되어 밥도 먹을 수가 있어 하우스가 잘 망했다고 위안을 받으며 열심히 하니 돈도 차츰 모이기 시작했고, 조 그만 트럭도 사고 이제는 물건도 많이 들여놓고 거래처 조 사장은 참 친절하게 도와주었다.

하루는 조사장이 찾아와서 "어이 박 씨, 이제 사장되겠는 데"라고 하면서 "중국에서 낚시대가 싸게 들어오는데 말이 야 미리 돈 주면 내가 곱을 남게 해줄게"라고 했다. 그동안 의 거래를 보아 믿을 만했다. 있는 돈을 다 털어주면서 부자 가 될 것을 생각하니 가슴이 부풀었다.

돈을 가지고 간 지 몇 달이 지나도 감감무소식이라, 한참 동안 알아보니 아예 중국으로 이사 갔다고 한다. 결국은 뻥 이었다. 이 지경이 되자 자릿세도 못 내고 다시 부천으로 와 뻥 과자 파는 신세가 되었다.

여전히 진숙은 기쁘리로다. 주일마다 교회에 열심히 다니 더니 재식이가 인생은 "다 뻥이더라"고 하자 진숙은 "하나 님은 뻥이 아니에요"라고 했다.

전화벨 소리가 울렸다. 어려서 진숙이 앞으로 해 놓은 땅 에 아파트가 들어오게 되었다며 동사무소에서 사람을 찾는 다고...

가 시 래 기

8

하얀 새

8

※ **하얀 새**

청량리 사람들은 저녁에도 여전히 분주했
다. 낮과 밤이 변화하는 풍경을 수확하며 여섯 시 기차를 탔
다. 차창 밖에선 벨리댄스 치맛자락이 너풀거리듯 화려한
불빛이 춤을 즐기고 있다.

기차 안에 들어서자 고단함이 길게 배어있는 늪과 같은 침
묵 행렬이다. 열차가 전진할수록 밤은 더욱 깊은 곳으로 빠
져들고, 창문 밖에서는 열심히 가고 있음을 더 확실히 알려
주는 기계음 소리만 높아져 갔다.

'이제 눈꺼풀이라도 덮을까' 하는데 어느새 교과서 책 읽듯
이 역무원은 목적지에 왔음을 똑똑히 일러주었다. 딱지치기
하며 고무줄 하던 원주역 광장은 건물들로 메워졌지만 검은

대지를 향해서도 추억은 캘 수 있었다.

초상집에 들어서니 상주의 옷은 흰빛을 발하고 문상객들의 요란한 언어와 많은 술잔은 지나치다 말고 고목처럼 서고야 말았다. 오랜 세월 속에 묻어둔 첫사랑의 남자 창수... 너무도 많이 변한 얼굴에 취기가 서린 모습이 눈에 띄었다.

내 심장은 뛰고 있었는지 확인하고 싶었고 바이브레이션으로 "저어, 아시겠어요?"라고 하자 그의 흐리했던 눈동자는 힘을 불어넣고 입을 크게 벌리면서, 낮은음으로 "이게 누구야!"라고 하더니 비틀거리며 자리에서 일어섰다. 그는 "오래간만이야"라고 하며 조심스레 물어왔다. 삼척에서 살고 있으며 서울에서 공부하고 있는 아들을 만나고 오는 길에 친구 어머니가 돌아가셔 들렀다며 설명하고 자리를 떴다.

문상을 끝내고 나오자 문지기처럼 지키며 차 한잔하자는 말에 나에게도 간절함이 있었다. 이대로 헤어지기란 너무나 억울했다. 지하찻집에 들어서자 어항 속에 고기들은 우리의 사태라도 눈치챘는지 눈만 껌뻑이고 얌전히 있었다.

어느새 20여 년을 거꾸로 돌아가고 있었다. 그때도 오늘처럼 뜨거웠던 8월 15일 마지막 즐기는 강가, 수많은 인파 속에 역 광장에서 기타 치며 노래를 부르던 창수는 물기 오른 젊은 나무와도 같았다. 유창한 노래와 관객을 버린 채 끌려가듯 나를 데려간 곳은 테이블에 양은 주전자가 널려있었고 벽면엔 '왕대포'라고 쓰인 글씨가 비딱하게 붙어있었다.

"오늘 같은 날이 오기를 기다렸어요. 우리 어머니한테 수연 씨 이야기 많이 들었어요. 어머닌 수연 씨가 우리 집 며느리 했으면 좋겠어 하셨어."

비녀를 꼭 끼시고 정갈하고 내성적인 그의 어머니는 수연에게 무어라고 하신 적 없지만, 호박죽 쑤어놓고 내 친구 집까지 나를 찾아다니신 분이다.

그때부터 내 두뇌에 러브스토리 필름이 찍히고 있었다. 사내아이들과 자전거를 타고 사냥도 하고, 눈이 오면 눈싸움, 한 푼 생기면 호떡집에서 수다를 떨던 그 애들은 한 번도 남자처럼 보인 적 없었다. 하지만 내겐 장맛비처럼 거센 물결 뒤에 여린 꽃망울을 터트리며 그리움을 배우기 시작했다.

어느 날 학교 운동장에서 쏟아져 내리는 달빛은 유난히도 밝았다. 그네를 밀어주면서 "나 군대 가야 해"라고 그가 말했다. 그림자도 덩달아 움직이지 않았고, 짧은 시간은 긴 침묵으로 이어졌다. 내 손목을 잡더니 정신없이 뛰어가는 창수에게 왜 어디 가느냐고 물어볼 틈도 없이 끌려가고 있으면서 우리 집이 보이는 것을 알았다.

대문이자 방문을 성급히 밀치고 들어가 "어머님, 저 수연이와 결혼하게 해 주십시오"라고 하며 무릎을 꿇자, 어머니는 내 나이와 동갑인 스물한 살 된 창수를 옆눈질하시며 "난 그렇게 못하겠네"라고 하며 돌아앉으셨다.

"수연아 어르신들은 처음에 다 그러시는 거야. 다른 생각 절대로 하지 말고 나를 기다려줘. 편지할 때마다 꼭 답장 주고 우리 4년 후에 결혼하자."

눈물은 반짝이고 있었고, 아사 천에 수를 놓아 별 사탕을 넣어 건네며 이별식으로 헤어짐을 경험했다.
현실로 돌아와 보니 잊고 살았던 일상들 속에 오빠와 동생들 학비며 떠나보낸 창수의 상상에 웃고 울 때가 아니었다. 이마엔 표적이라도 새긴 듯 여드름은 꽃을 피우는 동안 양팔을 벌려도 모자랄 만큼 긴 두루마리 편지가 왔다.
커다란 보자기에 흩어진 마음을 다시 담는 것 같았다. 뜬 눈으로 긴 밤을 촛불을 켜고 습자지에 펜을 들자 눈물이 마음을 쓰고 흐느낌을 높낮이를 이루며 자신을 향해 통곡하고 있었다.

"창수 씨, 그간에 사랑을 기억합니다. 사랑한다는 것은 무척이나 괜찮은 것인 줄 알고 따라 해 보았더니 나도 모르는 감정들이 생기고 사로잡히는 마력에 시달리며 힘들다는 것을 느끼게 되네요. 사랑이 이렇게 힘든 줄 알았더라면 두었다 나중에 할 걸 그랬나 봐요. 보내주신 편지 잘 받았고요. 또 드릴 말씀은 제가 서울에서 취직하게 되었음을 전하며 부디 군 복무 잘하시길 빕니다. 서울 영등포에서 수연 올림."

발신인 주소가 없는 답장은 서울공장에 가는 친구 동생을 구슬려 서울에 가서 부치도록 단단히 타일렀다.

창수는 손에 받아든 편지를 들고 화장실로 뛰어가 앉았다. 멀리서나마 수연이네 집을 희미하게나마 바라볼 수 있었기 때문이다. 창수의 손은 이미 편지와 함께 일렁이며 한없이 울었다.

창수가 떠난다는 것은 새로운 길을 갈 수 있도록 도와주고 있는 것처럼 갈등의 무게를 내려놓듯 홀가분함이 슬며시 다가왔다.

토요일 오후 낡은 전화기에서 "삐리릭" 하고 세차게 울려대자 빗자루와 함께 수화기를 들자 "수연 씨, 오랜만이요"라고 하며 수화기 속에 들려오는 목소리는 다름 아닌 창수의 친구, 영철이었다. 종로다방으로 급히 나오라며 전화를 뚝 끊었다.

쓸던 마당도 팽개치고 이 층 나무계단을 구두 소리를 내며 밟고 들어서자 베사메 무초 음악이 홀 안을 가득 메웠다. 창수는 어색한 군복을 입고 앉아있는 게 아닌가. 선이라도 보러온 양 주눅이 들어 의자 끝머리에 앉아있었다. 허리보다 무척이나 큰 바지를 보이며 "나 담 타 넘어왔어"라고 하며 법을 이탈한 사람치고는 평온한 분위기였다.

담배 한 개비 피워 물자 연기가 동그라미를 그리며 천장으로 올라가는 것을 보고 있으니 다시 세차게 한 모금 빨더니 조금 전 분위기가 아닌 전혀 다른 사람처럼 변신하여 "앞으로 이런 식으로 한다면 나 오늘 귀대하지 않을 거야"라는 창수의 말은 클래식 음악을 깨트리고 있었고, 엄마에게 떼쓰는 망나니 같은 창수를 달래기 위한 설득으로 일단 귀가시키는 데 성공은 했지만, 사랑의 힘이 얼마나 큰지 일러주는 영수증과도 같았다.

우체부 아저씨는 날마다 나를 찾아왔고 동그란 호수에 종이배를 접어 타고 파문을 일으키며 "떠납시다"라는 글귀는 내 마음을 솜사탕처럼 부풀리게 했다.

비밀리에 이사하고 보름이 지난 어느 날 "짱구야"하며 동생의 별명을 부르는 소리에 문을 화들짝 열자, 창수는 고개 숙인 채 비를 맞고 서 있다. 집을 찾기 위해 동생을 부르며 찾아다닌 것이다. 창문을 그대로 닫아버리기에는 지나친 처벌과도 같았다.

"제발 도망가지 마. 정말 미칠 것만 같아."

가느다란 목소리에 짙은 호소력이 묻어났다. 군복 위에 내리던 여름비도 떠나고 다른 계절이 찾아오고 있었다. 아들 녀석이 좋아한다는 색시를 다음 주에는 꼭 데려오라고 당부하시던 창수 아버지는 심장마비로 갑작스레 먼 곳으로 떠나셨다.

지난주 당신이 버신 5천 원을 용돈으로 주신 건강한 아버지셨기에, 창수는 달려와 목멘 소리로 "수연아, 지금이라도 아버지 앞에 가서 인사드리자"라고 하며 팔을 잡아끌었지만, 그 손을 뿌리치자 말없이 돌아서는 뒷모습은 아직도 그림자처럼 남아 있다.

창수의 소원은 다름 아닌 면회 와서 40원짜리 커피 한잔 마셔주는 것이었다. 잘 써 내려가는 편지는 전우들 사이에 부러움을 사고 있었기에 그들에게 사랑의 증표로 보이고 싶었던 창수지만 유혹에 넘어가지 않기로 마음먹었다.

제약회사 불은 꺼질 줄 몰랐다. 말일 마감으로 지루함을 일깨우는 전화벨 소리에 수화기도 나와 함께 떨었다. 취기

오른 목소리로 "빨리 안 나오면 난 탈영병으로 붙잡혀 가는 거야!"라고 그는 고함치듯 소리쳤다.

탈영병이란 무서운 처벌, 내 육신은 움직여지지 않았고 시계는 죽음과도 같은 8시를 향해 숨 가쁘게 달려가고 있었는데 공포의 전화기는 계속 울어댔다. "아, 여기 헌병대입니다. 이창수 씨 지금 어디 있습니까?" 또박또박 물어와 나는 어려운 국어책 읽듯이 장소를 알려주었다.

헌병대 앞에서 보낸 유년 시절 잘못으로 인해 호되게 매 맞던 군인들의 환상이 다시 살아나 잠을 이룰 수 없는 곤혹스러운 밤이지만 그래도 아침을 맞았다.

봄이면 파란 융단의 잔디에서, 여름이면 별빛 쏟아지는 운동장, 들국화를 꺾어 왕자와 공주를 흉내 내었고, 눈 내리는 날이면 음악다방에 틀어박혀 그동안 연습해둔 팝송을 바닥 나기까지 신청했던 많은 이야기를 만들었으나 면회는 한 번도 가지 않은 채 4년이 흘러갔다.

군복을 벗자 곧바로 실업자라는 간판을 땄다. 제대만 하면 금방 달려와 결혼하자고 조를 것 같았던 기세였지만 가을에 지는 낙엽처럼 소식이 없었다. 마침 어머님의 심부름으로 창수네 집에 갈 수 있는 행운을 얻었다.

방안에 들어서자 뒹구는 편지 속에 "창수 씨, 0일 중앙선 0호 차 0좌석에 타세요"라는 몇 글자야말로 수백 수천 개의 어떤 말보다 더 육중했다. 심부름도 끝내지 못한 채 쫓기듯 도망쳐 나왔다.

하늘을 올려다보아도 별도 세기 싫었다. 걷는 것조차도 귀찮아 그저 목적지도 정해놓지 않은 채 바보같이 뛰고 있었다. 그러나 예약된 기차는 타지 않았지만, 가슴속에 잠긴 그 무엇은 사정없이 자신을 나무라고 배신감으로 가득 찼다.

"그 애는 위문편지를 몇 번 하다가 면회를 오더니 부잣집 딸이라며 만나자고 유혹했어. 난 정말 그런 애가 싫어. 지금도 날 찾아왔지만, 만날 이유가 없어서 이리로 온 거야."

절실한 해명을 하고 있었다.

창수는 월급봉투를 받을 곳도 정해지지 않았지만, 창수네 집에서도 결혼을 승낙을 받았고 아버지한테 간간이 눈도장을 받아놓은 터라 용기 있는 어조로 "저희 이제 결혼하겠습니다"라고 하고 넙죽 절하자 아버지는 점잖은 태도로 "자네, 우리 집 어떻게 사는지 아시는가?"라고 하자, 기다렸다는 듯이 "예, 압니다"라고 크게 대답했다.

어렵게 사니 싸서 데려가라는 말로 창수는 해석하고 있는데 "유치원 선생 발령 나면 오빠하고 동생들 대학까지 공부시켜야 해. 이렇게 자꾸 따라다니면 내 딸 피신시키겠어"라고 하고 더 이상 말을 건네지 않으셨다. 쇠 방망이로 뒤통수를 한 대 맞은 기분이지만 '딸을 가진 자로서 유세 또는 거쳐야 할 과정 아닐까' 하는 애매모호 한 답을 지닌 채 사라졌다.

겨울을 보낸 새봄은 문틈 사이로 스미는 따스한 햇볕의 3월이 펼쳐졌다. 창수네 앞집 경순이 엄마는 좋은 처자가 있다며 선 한번 보라고 하면서, 동네 사람들 듣거나 말거나 경상도 사투리로 크게 떠들어 대서, 성화에 못 이겨 창수는 한 여인과 마주 앉게 되었다.

'에라, 장가나 가자'하고 즉석복권처럼 이루어졌다. "3월 마지막 날이야. 일이 이상하게 되었어"라고 창수 어머니가 전갈하셔서 알게 되었다.

제약회사에서 연가를 얻어 예식장에 나타나자 잘생긴 얼굴이라 그런지 봄 햇살에 신랑의 연미복은 너무도 잘 어울렸다. 그는 '나 놀라고 있소'하는 얼굴이 역력했다.

"축하합니다"라고 하며 넙죽 악수를 청하자 '역시 너는 나를 사랑하지 않았구나. 감히 여기가 어디라고 너털웃음이야. 에고, 장가를 가기로 한 건 정말 잘했구나. 지가 나를 좋아했어 봐 울고불고 난리가 났어야지." 창수는 짧은 순간 많은 것을 깨달았다.

'나는 네가 장가가도 아무렇지도 않다.' 속으로 되뇌며 꼭 창수와 결혼하리라 믿었던 몇몇 사람들은 다른 여자와 갑자기 결혼하는 것도 이상한데 수연이가 나타나자 놀라느라 더 분주했다. "여기까지 왔어"라고 하며 손을 잡는 춘자 아줌마는 어머니가 혹시 결혼할 수도 있다는 생각에 중매쟁이로 세워 놓은 동네 아줌마다.

내심 '내 아들 장가가는 기분으로 난 아무렇지도 않은데 왜들 이러지' 하며 기분이 괜찮은 내가 오히려 이상하게 느껴졌다.

드디어 결혼 행진곡 사이로 걸어가고 있었고 처음 해 보는 결혼식이라 그런지 팔짱을 반대로 끼고 있어 주례사가 기도하는 틈을 이용해 정비를 해 주자, 그 눈빛은 미안 함 자체였다.

친구들과 사진 찍을 시간, 분명히 그 자리에 있어도 괜찮은 신분이었지만 마치 이 세상을 오래 살아온 것처럼 사랑하지도 않은 사람과 살면서 내가 생각나면 어쩌지 고민에 빠졌다. 신통한 건지 바보인지 잘난 척인지 분간이 안 가는 정신상태로 화장실로 들어갔다.

소변 한 번 보고 지린내도 길게 맡고 이제 사진을 다 찍었으려니 하고 감옥에서 탈출하듯 나오자 '아뿔싸!' 모든 하객은 어디론가 다 사라졌고 조용한 침묵이 나를 더 놀라게 했다. 식장 문을 밀치고 나오려니 신랑, 신부만 남아 불러놓은 택시를 기다리고 있었다. 창피하고 수치스러움이란 그 무엇으로도 설명하기 어려웠다. 작은 몸뚱이로 식장 마당을 모두 메우고 싶었다. 아니 새가 되어 날아가고 싶은 욕망이 솟아났다.

저녁 시간 친구들과 피로연을 마치고 나오는 창수 아니 남의 남편이 된 사람이 옷자락을 잡으며 "조금만 더 있어"라고 하며 울먹였다. 뜨겁게 달군 지남철처럼 전율이 왔지만 그제야 무엇인가 잘못된 것 같았음을 깨닫는 순간, 이미 차는 떠났고 강을 건너 이별을 체험하고 있었다. 그는 이제는 다시 돌아올 수 없는 곳으로 멀리 떠났다.

마치 약속이라도 한 듯 나도 어촌 유치원으로 가게 되었다. 아버지는 젊은 시절 그 지긋지긋한 고깃배를 떠올리지만, 그래도 그리워하는 바다였다. 삼척 끝자락에 월 셋방을 얻어 밤이면 검은 바다 물소리에 잠을 청했고, 아침이면 해를 안으며 기운을 얻었다. 주인집 경상도 할매는 스물다섯 된 내게 "니, 시집 안 가고 돈 벌러 왔나?"라고 하며 나이 타령하신다.

물 위로 떠다니는 새가 빠질까 봐 염려했던 처음과는 달리 익숙해지고 있었고 유치원에 가려면 빨간 지붕을 한 예배당이 있어 문득 예자가 생각났다. 한집에 살면서 언제나 붙어 다녔다.

일요일이면 우린 떼 지어 놀러 가자고 모이면 예자는 엄마를 따라 교회에 가기 때문에 예배가 끝나기를 기다려 꼭 같이 놀러 다닐 정도로 인기가 있었다. 하나님을 믿느니 나를 믿으라며 내가 주먹을 쳐들던 기억이 너무나 우스워 혼자 웃었다. 그래도 화 한 번 안 내고 미소만 짓던 내 소중한 친구다.

원장 선생님은 "서수연 선생은 유치원 교사 하려고 태어났어"라며 칭찬이시다. 시인하고 싶었다. 소꿉놀이하며 아이들과 부대끼며 사는 현실이 너무나 행복하다고 자랑하고 싶었다.

교회 담을 타고 올라가는 장미 넝쿨과 등나무 아래 의자는 늘 나를 오라는 듯이 비어있었고, 교회 문을 밀치고 들어서면 어렴풋이나마 크리스마스 때 과자나 빵을 얻어먹었고, 엄마가 기워주신 바지를 입고 고요한 밤 거룩한 밤을 부르던 기억이 되살아났다.

마룻바닥은 얼음 연못처럼 미끄러웠다. 어느새 나도 모르게 마루를 적시는 눈물방울은 그리움과 연민에 대한 저항이었음을 깨달았을 때 굴뚝에서 나는 연기 뒤에서 파도도 울고 있었다.

주인집 할매는 "서 선생, 선 한번 볼래?"라고 하며 졸랐고, 자석식 전화기도 연신 울어댔다. 이럴 때면 주머니에 있는 돈을 털어 평소에 먹고 싶었던 모두를 사 먹는 버릇이 언제부턴가 생겨났다. 화가 나면 집안 대청소를 한다는 여인네가 생각났다.

피서객이 다 떠난 9월에도 여름이 들어있었다. 노을을 따라 부둣가에 서자 해는 져서 어두운데, 찾아오는 사람 없어 하모니카 소리는 춤추듯 노래하고 있었다. 내가 시인이라면 아니 화가라면 얼마나 좋을까? 별 아래 영롱한 불빛은 바닷물을 반짝이게 했으며 바람과 함께 일렁이는 심야 곡의 아름다운 풍경, 간이 다 녹아내릴 것만 같은 감정을 추스르기가 너무도 힘들다.

정신을 차리고 보니 하모니카는 이미 멈추고 말았기에 모래 위를 달리자 발이 빠지는 만큼 몸이 일렁거린다. 하모니카 "다시 한번 들려주세요"하고 사정하고 있었다. 빈 가슴에 채워주는 설탕과도 같은 소낙비였다.

하모니카 주인과 사랑도 하고 결혼도 하고 싶었다. 나는 매일 밤 그곳으로 달려가 하모니카 부는 그 남자를 기다려 왔다. 우수에 찬 낭만파 욕심은 하늘 끝까지 달려가고 있어 드디어 수협에서 근무하는 석 서기라는 것을 알게 되어 미행하여 대문에 이르자 남산만 한 배를 앞세우고 마중하는 이가 있었다.

삼척에서 맞는 첫겨울이 입구에 와 있었고 바닷바람에 익숙지 못해 감기에 걸려 눈을 맞으며 김 약국으로 향하고 있었다. 약국 문을 열고 "감기약 주세요"라고 하자 잘생긴 코에 걸린 안경 속으로 나를 뚫어지게 바라보고 있었다. 조각이라도 한 듯한 쌍꺼풀, 날씬한 몸매, 하얀 코트에 긴 머리 위에 핀 눈꽃. 수연이는 한 마리 새였다.

열쇠고리 서너 개씩 달고서 시집오겠다던 처녀들을 뿌리치고 주위 사람들을 몸 달구게 했던 눈 높은 약사가 "아가씨, 생강차 한잔 드세요"라고 하며 조심스레 내밀자, 그저 눈인사만 하고 돌아왔다.

끈질긴 김 약사의 유혹이 시작되었으나 마음의 창을 여는 데는 오랜 시간이 흘러야 했다. 그 이듬해 노란 은행잎 세례 속에 웨딩마치가 울렸다. 타인들의 신혼 초처럼 그런대로 지나갔지만, 점차 하얀 코트의 환상에서 깨어나기 시작했는지 "부잣집 딸들이 꽤 줄을 섰지. 내가 당신하고 결혼한 건 하얀 코트 때문이야"라고 하며 너털웃음을 지었다. 부잣집 외동아들에다 명문대를 나온 남편에 비하면 무엇 하나 내놓을 것이 없는 자신임을 알고 있기에 씁쓸한 웃음만 지을 뿐이다.

크리스마스를 이틀 앞두고 태어난 훈이는 아빠를 닮아 외모가 준수하고 엄마의 얌전한 성격을 가지고 있었고, 둘째 지혜는 아빠의 지나친 관심사로 난 늘 아들 눈치 보기에 바빴다.

아이들은 어느새 초등학교에 다녔고 내 허리는 점점 늘어만 갔다. 바다를 즐기는 버릇은 여전했다. 남편은 "10년 만에 휴가야"하며 봉투까지 내밀었다.

남편, 아이 모두 놔둔 채 강릉으로 향하고 있었다. 옥계를 지나는 밤재는 길고도 무서웠고 이따금 지나는 차량이 그저 반가울 뿐이다. 눈이 쏟아졌다. 주먹 같은 눈은 아무리 내려도 바다가 다 삼켜버리자, 오늘만큼은 바다보다 육지가 훨씬 좋았다. 가로등도 벌써 졸고 있었고 승용차가 제자리걸음을 하고 있는데 나는 왜 화가 나지 않을까?

눈은 곧 천사로 변했다. 흰 나뭇가지에 옛사랑이 걸려있었다. 뜨거운 가슴으로 눈이 다 녹아 버릴 것 같은 아름답고 순결한 창수의 사랑이 온 지구를 메우고 있었다. 이제야 깨달아진다. 10여 년 전, 그의 사랑을 확인할 수 있었다. 지나치게 보고 싶었다.

오늘 만남은 그때 하늘에서 내린 눈으로 인연이 닿았다. 창수는 "너희 아버지가 원망스러워"라고 하며 소주 냄새가 바람처럼 불어온다. 깍지 낀 손등엔 눈물방울 흔적을 보였다. 화가 난 나는 벙어리처럼 아무런 말도 잇지 못하다가 "왜 나를 버렸어"하며 울먹이자, 힘없이 "아니야. 내가 너희 집에서 버림받은 거야"라고 하며 해명을 줄이어 내놓았다.

"내가 직업이 없어서 그러셨는지 좌우지간 네 아버지는 내가 어쩔 수 없지만, 수연이가 도무지 나를 좋아하지 않는데, 힘이 더 빠졌어"라고 하며 입을 다물었다. 정말 그랬다. 좋아한다는 표현을 단 한 번도 할 줄 몰랐으며, 어딜 한번 놀러 가자고 졸랐지만, 보수적인 집안에서 자랐기 때문에 따라 준 적이 없었다.

"창수 씨, 떠나고 난 다음 참 많이 힘들었고 사랑한 상처 때문에 결혼도 포기하려고 했는데 훈이 아빠 만나서 그런대로 살았어요."

우린 소리 내어 울고 있었다. "그래, 고마워 나보다 더 좋은 사람 만나 정말 다행이야"라고 하며 등을 토닥인다.

"그 진숙이 엄마가 선을 보라고 성화를 해서 선을 보고 나서 그다음 날까지 술에 취해 있었지. 네가 나를 배신 뭐 그런 거 있잖아. 맞다. 그 자존심하고 내가 싸우고 있었을 거야. 그런데 지금 내 처가 나를 찾아왔더군. 마주 앉자 술을 주거니 받거니 하다 하룻밤을 보낸 거야. 변명이라고 해도 좋아. 너에 대한 반항이었으니까. 다시 처가 부모님을 모시고 와 날을 받아 버린 거야. 이 모든 사건이 3일 동안 일어난 일이

150

야. 와! 지금 생각하면 영화 같다. 슈퍼에 가서 물건 사듯 후
딱 해 버린 결혼이야. 나중에 안 일이지만 내 처가 내 인물
에 반해 직업 따위는 생각도 안 하고 서둘렀다고 하더군. 먼
곳으로 이사 한 것도 오기였어. 나도 억울해. 집사람과 누우
면 때론 너였으면 하고 소리 없이 웃는 내 모습이 나를 더욱
힘들게 했어. 어쩌면 꿈속에서라도 만났으면 하는 바람도
있었어. 가끔 들려오는 네 소식에 찾아가 무어라고 말하고
싶었지만 다 소용없었어. 더 이상 어쩔 수 없다는 것을 알았
지. 처한테 미안하다는 생각이야 있었지만 몇 년 전 어머니
가 돌아가시자 아내에게 잘하려고 노력했어."

어느새 그때 그 담배 향이 피어오르고 있었다. 세상에 이
처럼 빠른 시계가 있을까? 금방 다가올 막차 시간은 원수처
럼 달려오고 있었다.

지하찻집을 그대로 놔둔 채 빠져나왔다. 갑자기 내리는 장
맛비는 만남을 비웃기라도 하듯 사정없이 매 맞게 했다. 막
상 역에 도착하자 창수는 수연이를 이대로 보냈다가 영영
못 만날 것 같아 소양강 댐 문으로라도 막차를 막고 싶었다.
이미 내 손은 그의 손에 잡힌 채 기차는 목적지를 향해 떠
나고 말았다.

고기떼가 노닐고 발가벗고 미역을 감을 때면 어른들의 빨

랫방망이가 리듬을 치던 봉천 냇가는 물이 많이 줄어들었지만 그대로 있었다.

길게 늘어진 세월 들을 세기조차 지루했다. 어느새 하늘에서 쏟아지는 별과 물소리는 여전했지만 두 사람은 너무도 변했다. 중앙시장 옆에서 철물점을 하고 아들만 셋 둔 창수는 그제 서야 "철물쟁이 보다 약국집 사모님 훨씬 났잖아" 하며 웃었다. 몇 수십 년 만에 그의 웃음을 확인했다. "당신은 아직도 예쁜 천사야"라고 하며 볼에 입술을 살짝 대었다. '아니 내가 왜 이러고 있는 거야.' 잠에서 깨어나듯 소리쳤다. "도망쳐야 해." 거리로 뛰쳐나가 택시를 가로막고 미친년처럼 사정했다. 창수는 어느새 택시 안에 들어있었다.

영동고속도로를 달리면서 아무런 말도 아니 할 말이 도무지 생각이 나지 않았다. 강릉에 도착하니 이미 자정을 넘어섰고 두 사람을 야단치듯 비는 유리창을 때리고 있었고, 시댁 부근에 내렸다.

창수를 떠나보낸 아스팔트를 주시하며 빗물과 눈물이 동시에 얼굴을 적시고 있었다. 하루 24시간이 무던히도 길게 느껴졌던 어제와는 달리 다른 세상에 살고 있었다.

차 한 잔으로 시작된 우리의 운명은 큰사랑을 예고하고 있을 줄이야. 마치 내 간에 소금에 푹 절여진 기분, 쏟아진 물은 어디로 갔는지 흔적 없는 현실이 어설프기만 했다.

옛사랑을 되돌리며 또 사랑을 잉태시키고 있었다. 어쩌란 말인가? 허공을 향해 소리쳐 봐도 대답이 없고 그리움이 아픔이란 것도 깨달아가며 밥을 먹을 때나 좌변기 물을 내릴 때까지도 온통 창수 생각뿐이었다.

이별이란 깃대를 높이 세우자 창수는 펑펑 쏟아지는 눈물로 절규하고 있었고 '그래 사랑을 하자!'하고 다짐을 하고 나니 높은 고개를 넘듯 성취감, 또 정신을 차리고 나니 환상일 때가 좋았다는 허무감을 맛보았다.

진부에 산채 정식은 이름나 있었다. 오대산 8월의 태양은 두 사람을 더 뜨겁게 비추고 월정사 옆에서 흐르는 물은 모래, 고기 떼까지 투명성을 발휘하고 떨어진 낙엽은 배가되어 동동 떠내려가는 것을 보고 있는데 "그대는 나의 은인이요. 당신이 나의 목숨을 구했단 말이야"라는 연극 대사처럼 외웠다.

난 도무지 무슨 말인지 통 알 수가 없어 눈만 끔벅이고 있었다. "그 옛날 동네 친구들과 산행을 왔었지?" 심문하듯 물어왔다. 꽤 오래된 필름이 돌아가고 있었고, 3월 1일 눈 쌓인 오대산을 타고 내려오던 짜릿함이 그대로 살아났다. 창수는 눈을 물에 빠트린 채 입을 열었다. "그날 발을 헛디뎌서 미끄러져 내려가자 당신 발에 걸려 간신히 멈추었는데 그 밑에 낭떠러지였소."

나는 전혀 생각이 나지 않는다. "그때 너무나 고마웠지만, 고맙다는 말 한마디 못한 것이 내 마음에 걸렸어. 그리고 삶에서 무척이나 힘들 때 죽을 뻔했던 순간을 떠올리며 수연이를 생각했지. 나의 은인이기 때문에 더욱 내 것으로 만들지 못했던 것 같아. 너희 집에서 반대했을 때 수연이와 하룻밤을 보냈다면 어찌 당신 부친이 거절했겠어. 난 차마 그럴 수가 없었어..."

새로 만난 첫 겨울 크리스마스, 여느 해와 다른 설렘으로 걸려온 전화, 수화기를 들자 그의 음성을 피아노 위에 올려놓고 고요한 밤 거룩한 밤...

지난해 묶인 끈을 풀지 못한 채 새해 아침을 맞았다. 창수를 알게 된 지 28년이 되는 해였다. 헤어져야 한다는 목적은 번번이 실패하는 동안 더디 오는 평창에도 봄은 찾아왔다.

약국에 점심을 해 가져다주어야 하지만 동창 모임이란 핑계로 집을 나와 편치 않은 나들이다. 강릉으로 차를 몰아가면서 '메디슨 카운티의 다리' 영화를 떠올리며 사랑하면서 헤어지는 주인공 이야기를 하자, 기다렸다는 듯이 "그 사람들은 한 집에서 단 며칠이라도 살았잖아..."라고 하며 부러움이 가득한 얼굴이었다.

"당신이 해 주는 밥 먹고 살고 그 주인공들처럼 죽어서 유품을 남겨 주고받으면 뭣해. 다 소용없어 살아서... 이 대로 도망이라도..."

점점 옷을 갈아입기 시작한 7월의 초록빛은 싱그러웠다. 영월에 동강은 편안했고 레프팅을 타러 온 서울 사람들이 많이 있었다.

"난 차라리 수연이가 다른 여자였으면 좋겠어, 당신이란 여자와 즐기고 싶지만, 나의 천사를 어떻게 할 수 없으니 말이야. 이렇게 만나주는 것으로 행복해야지..."

창수의 가느다란 음성은 호소력이 담겨 있었다. 장평에서 직행을 타고 가는 마음은 쓸쓸했다. 7월 달력을 뜯어내며 아직도 헤어지지 못한 자신을 채찍질하며 그를 만난 지 일 년을 바라보고 있어 마음이 무거웠디.

인간에 힘으로 안 되는 일을 신께 맡겨 볼까 하자, 빨간 지붕 교회가 생각났다. 시간이 주어질 때마다 그곳에 가서 무릎을 꿇고 실컷 울었다. 어린 시절 교회에 가서 외워둔 주기도문 밖에는 어떻게 기도하는지 몰랐다. 기도하는 절차 따위는 중요하지 않았다.

"하나님 창수 씨를 잊게 해 주세요. 만나고 보고 싶은 마음을 지워 주세요."

수백 번 수천 번 외쳤다. 편지를 썼다.

"일 년 동안 사랑했었고 앞으로도 사랑할 당신께 아픔에 글을 드립니다. 가슴속에 들어앉은 태양은 마치 우리의 사랑처럼 뜨겁기만 했습니다. 운명적인 만남으로 당신과의 사랑을 새삼스레 확인하게 되었지요. 지난 20여 여년 간 미움도 이번 폭우에 다 쓸려가 버렸습니다. 당신의 진실한 사랑 늪에 빠지면서 행복을 실감했습니다. 너무나 사랑했기에 헤어져야 한다는 우스꽝스러운 이야기가 실제가 되어버린 지금, 아주 작은 사랑이었더라면 이별 같은 곳은 예상치도 않았겠지요. 당신의 마음을 훔쳐낸 것을 사과드리며 당신의 사랑이 너무나 컸던 죄로 핑계 삼아 용서를 구합니다. 이제 당신의 육신보다 영혼을 더 사랑하며 어머님 같은 마음으로 행복하길 빌겠습니다. 지난날에 아픔을 보상받았습니다. 순수한 창수 씨의 사랑을 소중하게 여기며 힘들고 고뇌할 때 당신의 사랑으로 힘을 얻겠습니다. 부디 오래... 오래..."

'편지가 도착했겠지'라는 마음인데 요란한 전화 벨소리...

수화기를 들었다. 흐느낌... 나는 아무 말도 그 이상의 어떤 말도 할 수가 없어서 그 흐느낌 그대로 놔둔 채 집 밖으로 정신없이 뛰쳐나갔다. 바닷가에 하늘이 내려앉았다. 내 가슴이 눅눅해졌다.

홀로 서 있는 한 마리 하얀 새에게 내가 너라면...

가 시 래 기

9

검은 얼굴

9
※ 검은 얼굴

찬 바람 소리가 요란을 떠는 10일이다. 광
도 광산 앞 정문에는 두꺼운 옷으로 몸을 감싸고 대바늘로
뜬 실 목도리를 머리에서 얼굴까지 휘감아 눈만 빼꼼히 내
놓은 아녀자들이 삼삼오오 발을 구르고 있다. 춘희 엄마가
대뜸 "내일모레 계 타는 날이잖아. 그 곗돈 타서 뭘 하면 좋
을까?"라고 말을 꺼내자 판잣집 여자가 "한번 땡기러 가봐!
어디가 좋을까? 제천 어때?"라고 제안을 했다.

아무런 대꾸가 없자 춘희 엄마가 신이 나서 손뼉을 치면
서 "묵호는?"하고 제2 안건을 내놓자, 양철집 여자는 "이런
빌어먹을 여편네야. 그러다가 들키면 어쩌려고?"라고 목소
리를 높이자, 끝순이 엄마는 "그래도 강릉이나 속초 정도는

가야지. 그래 좋아! 좋아! 한 번 땡기러 가자고. 히히히"라고 하고 한바탕 웃더니, 웃음소리가 담장을 넘을까 봐 조심하는 눈치다.

월급날이면 정문 앞에서 누런 봉투를 채가야 한 달이 평안하기 때문이다. 광부들은 두둑한 월급봉투를 들고나오는 그 기분이야말로 이루 말할 수 없다. 하루하루 죽음을 담보로 하고 일한 대가라고 생각하니 그 얼마나 귀한 돈인가. "그래도 회포는 풀어야 제"라고 하며 광부들 끼리끼리 술집으로 향한다.

석탄 가루를 마시니 목구멍의 때를 벗겨야 한다는 전설적인 이야기를 광산 교훈처럼 여긴다. 때깔 좋은 빨간 돼지 양념 고기가 화력이 좋은 연탄불 석쇠에 올라앉으면 지글거리면서 흘러내리는 기름 냄새야말로 목구멍에서 "큭" 하고 소리를 안낼 수 있겠는가. 담배 연기와 함께 섞여 뿌옇게 안개처럼 피어오르는 선술집엔 손님들이 북적거린다. 지난달 먹은 술값도 갚아야 하고 봉투에든 돈은 집으로 가는 동안 점점 줄어든다. 이것을 막기 위한 부대가 바로 부인들의 전투다.

스물다섯에 들어온 막내 경선이는 힘도 세지 못하면서 주먹질이 빨라 맞으면서 욕먹고 병원비 대주고 고등학교에서 정학을 두서너 번 하더니 아예 잘렸다.

친구들은 대학 간다고 깝죽거리면서 출세해보겠다고 학원을 드나들지만, 경선이가 이 지경이 되었는데도 아버지는 속이 터진 건지, 포기한 건지 일체 말이 없다.

'빌어먹을 세상, 아들이 학교 안 가면 좀 소리를 지르던가 아니면 몽둥이로 두드려 패던지 뭐 이벤트가 있어야지 사는 게 영 맹맹하네. 그래 새엄마 사이에서 낳은 아들이 좀 이쁘겠나. 나를 버린 건가! 그래 나를 어디다 쓸까? 맞다. 맞아. 학교도 안 가니 저절로 왕따가 되었으니 할 수 있는 게 아무것도 없다. 그래, 군대나 가자. 밥은 먹여 주잖아. 대한민국 남자면 언제 가도 가야 하는데'라는 생각에 이발소로 발길을 돌렸다.

머리를 깎았는데도 거울 안에 든 자신의 머리통이 참 멋있다는 생각을 하며 외롭게 훈련소로 향했다. 군대란 곳은 잘못해도 맞지만 왜 맞는지도 모르며 맞는 날도 있으니 화가 나는 일이 학교 다닐 때보다 더 부아가 치미는 고난이었다.

분대장은 언제나 경선이에 대해 간섭과 악역을 하고 있었다. 하지만 고사성어 관포지교에 나오는 포숙과 같은 동료가 언제나 경선이 말을 들어주고 달래는 바람에 억지로 참았다. 전역하는 동료들을 보면 꿈에 부풀어 앞으로 대단한 미래가 펼쳐질 것처럼 말하지만 경선이에게는 기대할 그 무엇도 없다는 걸 아는 처지다.

덩그러니 혼자 남겨진 세상, 기차가 갈 수 있는 맨 끝이 어디인가 하고 차표를 끓어 내토 역에서 부산행 야간열차를 타자, 앞자리에 앉은 경상도 아가씨 두 명이 조곤조곤 떠드는 소리가 어찌나 정답게 들리는지 '나도 경상도 아가씨랑 결혼하면 재미있겠다'라는 생각에 웃음을 흘리다 보니 새벽에 부산역까지 왔다.

역 대합실 빈 의자에 앉자, 여름 바람을 시원하게 맞으며 곰곰이 생각했다. 어디로 갈 것인가 방향을 잡지 못하자 아버지가 부르시던, 노래가 머릿속에서 떠올라 어디로 가야 하나? 어디로 가나? 가다 보면 있을까? 넘다 보면 있을까? 인생 고개, 고개, 넘어, 넘어 어디로 가야 하나? 곰곰이 생각해보니 아버지도 나처럼 방황할 때가 있었나 어쩜 이 노래가 나와 딱 맞나 내 인생은 아무리 생각해도 감이 안 온다.

그래도 배가 고프니 밥은 먹어야겠지 자갈치 시장에 가보자. 시장을 둘러보자 난생처음 보는 시락국이 있었다. 가격도 천 원이면 괜찮고 침을 삼키며 둥그런 양은 테이블 앞에 앉았다. 천원이라 그런지 일찍부터 식당은 분주했다. 아니 그런데 대접에 들어있는 게 바로 시래기 된장국. 맙소사! 그 지긋지긋한 시래깃국. 지겹다. 지겨워 기대했던 것이 너무나 속상하다 못해 그만 화가 치밀 정도다.

경선이 할머니는 매일 시래깃국만 끓이는 전문가다. 일 년이면 360일은 족히 먹는 쓰레기인지 시래깃국이 시락국이라니 배가 고프니 어쩌겠나! 먹을 수밖에. 그런데 맛없는 걸 억지로 먹고 배불러도 먹기 싫은 걸 먹는 것도 기분 나쁜 일이라 생각했다.

다리품을 팔아 가며 며칠 동안 부산을 둘러보아도 일할 자리가 눈에 띄지 않는다. 부산은 참 넓고 큰데 어디 나 하나 들어갈 구멍이 없나 이리저리 다니다 보니 두 끼나 굶어 배가 고파 천오백 원짜리 한식집에 들어갔다. 테이블 네 개 있고 벽에는 백반 전문이라고 쓰여 있다.

밥을 먹고 있는데 웬 아가씨가 일을 거들면서 "이모, 배달하는 사람 좀 구해라. 이래가지고 나는 몬 한다"라고 투정 부리자, 이모는 "어디 배달할 사람이 있나? 없어서 그러제"라고 하며 칼도마를 세게 두드린다. 경선이가 "혹시 제가 배달하면 안 될까요?"라고 하며 다가가자 두 사람은 반기듯 찬성해주었다.

그날부터 경선이는 식당 주변에 있는 회사, 공장, 다방, 점포 등을 샅샅이 외워 가며 배달구역을 넓혔다. 일에 열중하다 보니 한동안 고민이나 방황할 틈도 없이 한 달이 지나갔다. 하지만 배달과정에서 잘못되어 엉뚱한 곳에 배달해 욕도 억 수로 먹고, 배달하다가 부딪쳐 국이 쏟아져 옷값도 물어주고, 배달이 늦었다고 수시로 야단맞고, 이런저런 일들이 있었지만, 8만 원 월급을 타고 보니 난생처음 내 손으로 벌어본 돈이라 고생한 보람도 있었다.

한 달에 두 번 쉬는 화요일이면 홀로 부산 주변에 구경도 다니며 통장에 돈도 조금씩 쌓였다. 그런대로 살다 보니 집에 갈 용기도 안 나고 가고 싶지도 않아 6개월을 버텼는데 어느 날 출근해보니 조카 지숙이가 안 보이는 거다. "이모, 얘 어디 갔어요?"라고 묻자 아버지가 많이 아프셔서 급하게 갔다고 했다. 원래 부산에서 살았는데 아버지가 일하러 강원도 광산에 갔다는 것이다. 그렇게 관심이 있지는 않았지만, 눈에 안 보이니 서운하다는 생각이 들었다.

한 일 년쯤 지나자 집에 한번 가보고 싶어 다녀오겠다며 식당을 빠져나왔다. 집에 가자 새엄마라는 사람은 "안 죽고 살아왔네"라고 한다. 첫마디가 왜 그리 화가 나는지 그건 그런데 경선이 방이 아예 없는 거다. 아버지 볼 마음이 사라져 그냥 집에서 나와 버렸다. 또 갈 곳이 없어 부산을 가려니 매일 밥만 나르는 것도 그렇고 '그래 지숙이가 산다는 광도에 가보자'라는 생각에 열차를 탔다.

광도는 부산하고 전혀 다른 곳이다. 사방으로 산이 꽉 들어차 있고 사람들 사는 바닥은 좁은데 술집과 다방이 줄줄이 서 있고 좌우지간 더 이상한 건 분명히 개울물은 흘러가는데 하얀 물도 아니고 파란 물도 아닌 웬 시커먼 물이 흘러

가는지 도통 알 수 없는 이상한 나라에 와있다.

그래도 내가 있는 이 하늘 아래 나를 아는 한 사람이 있다는 게 얼마나 신기한 일인가? 그 사람이 좋아서도 아니고 그래도 만나면 반갑지 않을까? 혹시 만나면 호떡집에서 단팥죽이라고 함께 먹으면서 부산에 있었던 이야기라도 하면 재미있겠지. 누가 알아? 기차를 타고 부산에 있는 지숙이 이모네 집이라도 함께 가면 어떨까? 나 외로워서 이러는 건가? 지숙이는 나보다 두 살 어린 23살인데 정이 들었나? 광도에서 서너 시간 걸으니 온 시내를 다 돌아볼 수 있었는데 지숙이는 안보이고 비슷한 아가씨를 보아 깜짝 놀라기도 했지만, 수확은 없었다.

3일 동안 이럭저럭 여인숙에서 잠을 자며 방황하다 보니 광도 광산 광부모집이란 현수막이 걸렸다. '광부가 뭘까? 뭐든 하여간 취직을 해야 먹고 살지'라는 생각으로 문을 두드리자 흔쾌히 일하라고 하면서 만근하면 월급이 한 삼십만 원 된다는 말에 당장 하겠다며 넙죽 엎드려 절을 하자, 오늘밤 열 시에 이곳으로 오라는 거다.

'뭐, 삼십만 원? 내 주위에 이렇게 월급을 많이 받는 건 못봤는데 면에 다니는 아저씨도 우체국 집배원도 20만 원도 안 되는데, 그래 오토바이도 하나 사고 집도 사야지.'

희망이 풍선처럼 부풀어간다. '제일 먼저 나를 하찮게 여기는 새엄마라는 사람한테 자랑해야지. 무슨 말을 할지 그게 가장 궁금하다. 하하하, 오랜만에 가슴이 탁 트이는 기분이다.'

밤 10시가 가까워지자 사무실로 가는데 8월이지만 왜 그리 추운지 초겨울처럼 서늘하고 온 사방이 컴컴한데 전깃불 하나 달랑 켜져 있어 그 불을 보고 간신히 찾아갔다.

작업복을 받아 갈아입고 머리에 쓰는 안전등은 캠프등이라고 했다. 얼굴도 나이도 제대로 알지 못하는 검은 사람이 데리러 와 따라오라는 곳으로 가는데 검은 굴속으로 들어가더니 점점 깊이 내려가는 게 아닌가. 말로만 듣던 지옥이 이런 곳인가? 다리에 힘이 쭉 빠지며 휘청거려 난생처음 무섭다는 생각까지 들었다.

맨 밑바닥까지 왔는가보다. 거기에는 몸도 얼굴도 새카만 사람들이 다섯 명 있었는데 이빨만 하얗게 보여 모두 귀신 같았다. 경선이를 인도했던 조장은 "여기 김경선 군이 오늘 새로 들어왔어"라고 하며 인사를 시키자 "어이, 햇돼지, 야! 임마, 너 어디서 왔어?"라고 귀신 같은 사람이 경선이에게 질문을 던졌다.

나보고 햇돼지라고 참 기가 막혀 미칠 지경이다. 본래 가지고 있던 까칠한 성질 같아서 손이 가만있지 않았을 텐데 여기서 까불다 쥐도 새도 모르게 죽을 것 같고 또 오토바이와 집이 날아간다는 생각에 잠자코 있었다. 나중에 알고 보니 입 가리 게를 풀어헤치면 코와 입 주변만 하얗게 보여서 신입이 오면 으레 부르는 별명이 바로 햇돼지였다

드디어 업무 지시가 내려졌다. 부서로 말하면 탄을 캐기 위한 채탄 장에서 앞장선 이들을 선 산부라고 하고 뒤에서 받아내는 일은 후 산부라고 한다. 경선이는 선 산부 역할을 맡아 꽹이를 들려주며 석탄을 찍어서 파내는 일을 맡아 해야 한다는 명령에 떨리는 손으로 석탄을 찍자, 조금씩 떨어지기도 하지만 팔에 힘을 주어 찍으면 갑자기 무더기로 쏟아져 코와 입으로 들어가 석탄 때문에 곧 죽을 것 같다는 생각에 두려움이 앞선다.

그래도 목통 발을 세워 그 위에 송판을 올려놓아 저것이 나를 지켜 줄 것이라는 자그마한 믿음으로 '나를 지켜다오' 하며 신처럼 여긴다. 옆에 서서 일하는 선배들을 따라 움직이지만, 마음은 난생처음 느껴보는 조바심으로 온 전신을 흔들렸다. '그리고 내가 언제 내 목숨에 대해 진지하게 생각해 본 적 있었나? 나에게도 살고자 하는 욕망이 있었구나!' 깨달아지는 순간이다.

평소 굴 안이 덥다거나 추울 것이라고 한 번도 생각해 본 적이 없었는데 무척이나 더웠고 일 년 365일 더운 데다, 또

갱 안에 물도 흐르고 있어 무척이나 질퍽거렸다. 점심시간
이 되자 하숙집에서 빌려 간 도시락에 밥을 먹으려고 뚜껑
을 펼치자 뚜껑 안에는 시커먼 얼굴이 나타났다. 순간 움찔
하며 자신의 얼굴이라는 사실에 목구멍에서 "큭큭" 소리를
내며 굵은 눈물방울이 밥알 위로 떨어진다.

나도 눈물을 가지고 태어났단 말인가. 울음, 그것이 참 웃
겨 웃고 있는데 눈물이 났다. 서러운 눈물이 쏟아지는 광경
에도 함께 밥을 먹는 동료들은 이미 겪어온 날들이라 그런
지 아무 말도 섞지 않았다. 빨리 먹고 일을 해야 하기에 고
추장이나 김치를 넣어 물에 말아 먹기 때문에 물 말이라고
했다. 정신을 차리고 나니 이미 물 말이가 다 끝난 상태였다.

그러면서 머릿속에는 오토바이를 타고 어디론가 신나게
달리는 모습이 재생되어 밥알을 삼키며 첫 점심을 때웠다.
참아야 한다는 인내심은 어쩌면 새엄마에 대한 반항이 내면
에 깔려있었는지도 모른다.

아침에 일어나 옷을 한번 입으면 될 일이지 출근해서 작업
복으로 바꿔 입고 밥을 먹을 때나 먹고 나서 또 퇴근할 때 또
칠면조처럼 연신 갈아입는 것은 땀으로 범벅이 되기 때문이
다. 사용한 괭이와 도구들을 등에 메고 땀으로 젖은 옷도 챙
겨 갱 밖으로 나오면 서늘함과 맞닥뜨린다.

반들거리는 눈, 하얀 이빨 외에 모두 새카만 몸으로 하숙

집으로 가면 허기진 배고픔보다 우선 옷부터 빨아야 했다. 빨래해 본 적도 없지만, 머릿속에든 상식으로 빨래를 물에 담그자 개울에서 본 이상야릇한 물이 한가득했다. '아, 이래서 그랬구나!' 궁금증이 한꺼번에 풀리는 순간이다. '지난번 여인숙집 아이가 그린 그림에도 개울물이 검은색이었지.' 비누칠하고 있는 힘을 다해 문지르고 꾹 짜서 따끈한 방바닥에 깔아 말려야 다음 날 입고 갈 수 있기 때문이다.

저녁을 먹기 위해 거리로 나섰다. 무엇을 먹을까 찾아다니는데 요놈에 돈이 이렇게 귀하단 말이야. 집에 있을 때는 아무튼 먹여 주니까 호주머니에 돈은 있으면 있는 대로 쓰고 돈에 대한 애착도 없었는데 왜 돈이 이렇게 아까울까! 어느덧 머릿속에 계산기가 버젓이 들어와 있는 게 아닌가. 돈을 벌려다 죽을 수도 있다는 생각에 돈을 번다는 게 이렇게 힘들다는 걸 뼈저리게 깨달아가는 인생 수업을 하고 있다.

그래 오늘 저녁 450원짜리 자장면이다. 왠지 뱃속에서는 뭔가 더 기다리는 느낌이지만 물 한 대접 마시며 아쉬움을 달래는 자신이 '이거 철드는 거야? 불쌍한 거야?'라는 야릇한 생각이 들었다.

달력에 빨간 동그라미가 그려져 있는 10일이란 숫자가 웃고 있는 월급날이다. 한 번도 지각, 결석도 안 했으니 분명히 만근이라는 거지. 쾌재를 불렀다. 퇴근 시간이 되자 월급을 나눠주는데 새카만 얼굴이지만 방글거리는 입에는 모두 하얀 이가 다 드러났다. 경리과장이 "김경선"라고 부르는데 군에 있었던 기세로 아주 크게 "네"라고 대답하자, "수고했네"라고 하며 건넨 누런색 봉투를 받아들자 가슴이 먹먹해지며 이 많은 돈을 만져 본적도, 구경도 못 했는데 이 돈 이 다 내 돈이라니 눈물은 또 얼굴에 묻은 석탄을 씻어 내리고 있다.

오늘따라 별로 보고 싶지 않고 얼굴도 모르는 어머니 얼굴을 상상으로 그리기 시작했다. 동그스름한 얼굴에 이는 골고루 나 있고 언제나 웃으실 것만 같은 어머니는 도대체 어디에 계신 걸까? 어려서 헤어졌다는 말만 들었고 아버지는 그 무슨 말도 안 하시는데 첫 월급 타면 부모님께 빨간 내복을 사드려야 한다고 옆에서 일러주지만, 어머니 생각하니 아버지 내복도 사드리고 싶지도 않았다.

광산 문밖을 나오니 아줌마들이 여럿이 또 서 있다. 술값 받으러 온 것 같지는 않고 그사이를 빠져 집으로 가는데 먼저 퇴근한 선배들은 선술집에서 연기를 뿜어대며 얼굴에 웃음을 담아 행복을 꽃 피우고 있다. 오늘은 여느 날보다 거리가 온통 살아있는 도시처럼 곳곳마다 불이 훤히 켜져 있다. 그 뒤를 이어 광산이나 술집 문밖에 서 있던 부인들은 남편을 앞세워 보초병처럼 따라가고 있다.

이제 월 4만 원씩 내는 하숙집을 벗어나 2만 원짜리 월세방을 얻고 사과 상자를 하나 마련해 방안에 진열장으로 정해놓고 그릇 가게에 들러 그릇도 몇 개 사고 보니 살림하는 재미도 있을 것 같다. 연탄은 한 달에 60장은 준다고 하니 방세하고 한 달에 3만 원이면 그래도 살 것 같아 은행에 적금도 하나 들고 본격적인 그만의 생활이 시작되었다.

이제 다방에 앉자 커피 한잔이라도 마음 놓고 사줄 수 있는데 여전히 지숙이는 어디 가서 숨어 사는지 도통 보이지 않는다. '고향이 부산이라 누구에게 물어봐도 아는 이가 없지만 언젠가는 만나겠지. 그럼 내가 밥 한 끼는 꼭 사준다. 그리 알아라'라고 마음에 도장을 찍었다. 통장에 돈도 쌓이고 이웃 사람들도 알아가며 선배님들과 어쩌다 밥도 한 끼 먹고 힘든 가운데도 정이 드는 것 같다.

이제 석탄 캐는 요령도 점점 늘고 반장님은 이제는 경선이를 안심하는 눈치다. 일한다고 돈 번다고 광산에 들어와서는 보름도 못 참고 뛰쳐나가는 일이 허다한데 경선이는 아니라는 거다.

가끔은 잠에서 깨어나면 나 살아있음을 실감하는 때가 있다. 처음 갱에 들어갈 때 조바심 나고 불안했던 트라우마가 있었기 때문이다. 아무튼, 살아있고 통장에 돈도 불리고 있으니 보상은 확실히 받고 있다는 계산에 마음이 놓였다.

지난해 8월에 왔는데 해가 바뀌고 돌이 되어 친구 녀석들은 대학에 간다고 했는데 무슨 짓들을 하는지 궁금하고 집은 어떻게 돌아가고 있는지 집에 가기로 마음먹고 기차에 오르자 처음 광도에 왔을 때 어색함보다는 이제는 정겨운 동네라는 느낌이 들었다.

드디어 내가 살던 내토 역에 내리자 더운 바람이 확 몰려들어 광도에서 여름보다 또 다른 느낌이 들었다. 산으로 감싸고 있는 광도가 어느새 익숙했는지 널따란 소도시가 괜히 어색하고 낯설기까지 했다.

시장에 가자, 어려서 사 먹던 냉차가 생각나 한 컵 사서 들이키니 속 내장까지 시원했다. 그래 아버지한테 공책 산다고 돈 타서 여기 와서 엿도 사 먹고 달달 한 설탕 가루를 국자에 넣고 연탄불 위에 올려놓고 휘저으면 설탕이 누렇게 녹으면 철판에 부어 별 모양이나 고기 모양을 찍은 다음 선을 따라 떼는 달고나는 될 것 같은 데 막판에 쫙 갈라져 버려 얼마나 속상했던지, 이제 와 생각해보니 인생도 그런 거 아닐까. 될 것 같은 데 안되는 거. 웃음이 픽 나왔다.

그래도 미우니 고우니 해도 아버진데 내복 한 벌은 사야지. 아버지 부인이라는 사람은 어쩌지. 어쩔 수 없잖아. 그리고 호적에 동생이라고 올려져 있는 이복동생은 게임기, 장난감 도대체 무얼 좋아하는지 아는 게 없다. 그래 초콜릿으로 낙점하고 먹을 것도 사고 아껴 쓰던 짠돌이가 오랜만에 돈을 써보는데 아까운 게 아니라 기분이 괜찮은 걸 보니 가족 애(愛)가 있었나?

살던 동네는 다방도 몇 개 생겼고 안 보이던 미장원도 있고 집들도 좀 바뀌기는 했지만, 경선이네 집은 그대로 있어 다행이라고 생각하며 나무 대문을 빼꼼히 열자, 새어머니는 빨래를 널다 말고 눈을 크게 뜨더니 경선이 맞냐고 놀라는 모습이 왜 그리 반갑고 고마워 눈물이 날 지경이다.

입에서는 예전에 쓰던 아줌마 소리가 툭 튀어나올 것 같아 가슴을 쓸어내리며 "어머니" 하고 다가가는 자신이 얼마나 어색한지 몸 둘 바를 모르겠다.

"그래, 이늠아, 어디서 뭐했노?"라고 하고 어머니는 들고 간 보따리를 받아들었다. "아버지는요?"라고 묻자 "너거 아버지 말도 마라. 네가 어디서 무얼 하는지 몰라 찾아 헤매고 아버지는 내가 에미 노릇 못해 집을 나갔다고 나보고 연신 나가라고 야단쳐도 내가 꾹 참고 사는 기다. 그리고 네가 교도소에 갔는지 걱정되어 경찰서까지 다녀오셨다 아이가. 그래 오늘도 애가 타는지 아침에 나가셨는데 아직도 안 오시네"라고 대답했다. "아버지가 그러신단 말이에요? 그런 분이 아니신데..."라고 하며 무표정, 무관심했던 옛 기억을 떠올려봐도 연결이 안 되는 부분이라 생각 정리에 들어갔다.

그러자 이복동생이 들어왔는데 경선이보다 키가 훤칠하

게 커 있고 대학생이라는 거다. 대학생! 갑자기 나도 대학에 간다면 하고 마음은 비행기처럼 다른 세계로 빠져들다 말고 아차 대학생에게 초콜릿이 아니구나! 어긋남이 드러났다.

형이라고 부르는 동생이 갑자기 친근하게 다가와 오히려 어색함이 연출됐다. 늘 그 애로 인해 피해의식이 가득했으니 대화를 이어갈 마음조차 없었거니와 길에서 만나도 아는 척하기 싫었던 때를 떠올리며 새로운 현실이 낯설어 입에서 말이 붙지 않고 어린아이처럼 입에서 말이 비틀거린다.

마루에 걸터앉자 내가 그린 그림 하나가 액자에 걸려 있다. 아! 초등학교 3학년 때 그린 거지. 나를 허수아비로 그려 두 팔을 벌리고 서 있다. 팔랑거리는 빨랫줄 뒤로 보이는 우리 집 파란 하늘을 한참 만에 보자, 정겹게 느껴지기까지 하다.

부엌에서 도마질 소리가 나더니 김이 피어오르는 수제비에 경선이가 좋아하는 감자도 숭숭 썰어 들어있어 두 그릇 남짓 먹으면서 가족이란 단어를 새기며 아버지는 언제 오시려나 기다리고 있는데 어두움 사이로 "홍도야, 우지마라. 오빠가 있다. 있어! 있어!"라는 소리가 점점 가깝게 들리는데 아버지 목소리라고 믿는 순간, 대문이 화들짝 열리며 들어서는 아버지의 몰골은 대범하지도 않고, 근육이 쭉 빠졌고, 지방도 사라진 뾰족 한 턱에 수염이 거칠게 나 있었다.

전혀 다른 모습으로 힘이 없으신 아버지와 대면이 시작되었다. 부산 갔을 때부터 못 보았으니 한 삼 년 되는가 싶다. 난생처음으로 술 취한 비틀거림이 가엽게 느껴지며 나를 홍도라고 생각하시고 부르셨나?

이내 아버지는 한숨을 크게 내 쉬더니 마루에 기대어 곧바로 코 고는 소리로 이어졌다. 아버지를 들어 방에 누이는데 크다고만 느꼈던 아버지 몸뚱이가 가벼워 의아함을 느끼며 자리에 눕히고 술 냄새를 옮겨 받으며 아침 일찍 출근이라 야간열차에 몸을 실었다.

다시 돌아온 광도에서 일상은 아버지에 대한 반항도 거품처럼 사라지고 마음이 넓어지는 기분으로, 나에게도 가족이 있다는 것을 실감하는 가정 방문이었다. 일하러 갱에 들어가도 나를 염려해주는 정신적 지주가 있다는 게 마음이 든든했다. 내복을 사서 가지고 간 걸 왜 그리 잘했는지 머리를 스스로 쓰다듬자 거울에서 자신이 웃고 있었다.

마땅찮은 반찬에 밥을 먹기 위해 도시락 뚜껑 거울에 비치는 검정 얼굴을 보아도 이제는 마음이 영글었는지 슬프지 않았다.

춥디추운 12월 10일 월급날이다. 조장님은 "오늘 우리 조회식이야. 한 명도 빠지면 안 돼. 특히 막내 너"하고 경선이를 주시하자 "알겠습니다"하고 몸을 숙였다.

이제는 광산에서 목욕도 할 수 있고 괭이 같은 무거운 짐도 집에까지 가져가지 않고 자신의 보관함에 넣어두고 세탁물도 벗어놓고 가면 된다. 홀가분하게 광산 문을 나오자 오늘도 역시 부인네들이 줄줄이 서 있다.

찬바람과 함께 광도 식당으로 가자 이미 선배들의 웃음소리는 밖으로 새어 나오고 식당 안에는 빈자리가 없을 정도다. 돼지고기를 목구멍으로 삼키는데 이건 고기가 아니고 젤리나 초콜릿처럼 달달 하게 넘어간다. 혼자서 자취하느라 변변찮게 먹다가 오랜만에 혀 비유를 맞추고 있으니, 마치 높은 선반에 올려놓은 꿀을 몰래 훔쳐 먹은 그 맛이다.

선배들과 나이가 스무살 이상 차이 나다 보니 개인적으로 같이할 자리도 별로 없었고 한동안 먹지 않았던 술도 한잔 받아드니 최고의 분위기다. 조장은 "어, 막내 햇돼지! 건배사 좀 외쳐봐!"라고 한다. 경선이는 한 번도 건배사를 해 본 적이 없어 가슴이 후당당 거리지만 외면할 수가 없어서 목에 있는 힘을 주어 "광도 광산!"라고 하며 큰소리로 외치며 술잔을 높이 쳐들었다. 그 순간 곧이어 후렴으로 동료들의 술잔이 올라가면서 "위하여"가 나와야 하는 순간, 그러나 선배들은 킥킥대며 웃음 난장판이 벌어지고 김 선배가 씹던 고기가 확 튀어나와 박장대소까지 갔다.

"야! 니가 아무리 광도 광산에 다닌다고 해도 그렇지 사장도 아니고 광도 광산? 푸하하. 하다못해 건강을 위하여, 청춘을 위하여, 아니면 머니머니, 그거 어때?"라고 하며 여기저기서 건배사를 읊어댔다,

돼지고기도 맛이 있고 분위기도 좋았는데 건배사를 망치는 바람에 난감했던 상황을 되새기고 있는데 어느새 다른 조원들은 문밖에서 부인들이 다 불러 가고 조장님만 상에 얼굴을 대고 있는 게 아닌가? "조장님 일어나세요"하고 흔들어 깨워도 이미 술 나라로 여행 중이다.

집을 수소문해 힘센 조장님을 옆에 끼고 모시고 갔으나 방 창문은 불이 꺼진 채 조용했고 어째 연탄불도 꺼졌는지 싸늘한 방바닥이다. 이부자리를 깔고 누인 다음 연탄불을 피우기 위해 종이며 나무 조각을 간신히 찾아 방에 불을 피우고 나니 경선이네 연탄불도 꺼질 것 같아 부랴부랴 집으로 돌아와 보니 이미 서너 구멍에 불이 꺼져가고 있었다.

여느 때보다 긴 하루를 보내고 잠자리에 누웠으나 조장님은 왜 집에 아무도 없는 걸까? 부인이 다른 곳에 살고 있나? 그래서 부인이 정문 앞에서 기다리지도 않고 술집으로 찾아오는 이도 없는 건가 이런저런 생각을 하다 잠이 들었다.

다음날 출근을 하니 조장은 아무렇지도 않은 듯 열심히 일하였다. 경선이는 그날부터 조장에 대해 궁금해 하루는 소주 한 병과 오징어 한 마리를 사 들고 조장네 집을 방문하자

이미 양은 밥상에는 소주 빈 병 네 개가 놓여있었고 눈꺼풀은 반쯤 내려간 상태다.

삐뚤거리는 입으로 "경선이구나"라고 하면서 자리에 몸을 떨구었다. 평소에는 침착하고 근심이 없어 보이던 조장님이었지만 무거운 짐을 이고 있는 무게감을 느끼게 되었다. "조장님" 하며 저음으로 "식구들은 다 어디 가셨어요?"라고 묻자, "내 인생 논하지 마라. 나는 나 혼자 사는 인생이야"라고 하며 이내 코 고는 소리는 탱크처럼 들리더니 입에서도 "크윽" 하고 입김이 뿜어져 나왔다. 마치 내면의 고뇌를 다 쏟아내는 것 같았다. 집으로 돌아오면서 외로움을 현장 체험하며 배워오는 길에 어두움이 몰려들었다.

박 조장은 이북에서 혈혈단신으로 넘어와 혼자 사시는 할머니 집 대문 앞에 버려진 아이를 혼자 키우면서 지나친 사랑을 주어 삐뚤어지지 않게 잘 커왔는데 스무 살이 되면서 할머니가 돌아가시자 이 세상에서 다시 혼자가 된 것이라고 한다.

조장은 동네에 있는 초원 다방에 드나든다. 23살 된 봉선이를 알게 되었는데 고향은 남쪽이라고 했다. 찻값도 더 붙여서 받으려고 하지 않고 심성이 착한 여자였다. 다방이 쉬는 날이면 친구처럼 놀러 다니며 산에도 가고 이래저래 정이 들다 보니 동거를 시작했다. 월급을 타다 주면 알뜰하게 쓰고 저축도 하며 행복하게 2년을 지냈는데, 어느 날 웬 남자가 찾아와 봉선이 남편이라며 데려갔다. 그런데 이게 어찌 된 일인가! 봉선이 이름으로 된 통장이 하나도 보이지 않았다. 거기에 충격을 받아 50이 넘도록 혼자 산다는 거다.

경선이는 아버지도 계시고 엄마도 둘이나 있고 동생도 있다고 생각하니 그런대로 뿌듯했다. 내토에 가면 만날 수 있으니 '그래, 집에라도 한번 다녀와야겠다' 하고 기차를 타고 살던 동네에 오자 집은 어디로 간 걸까? 그 자리에 전혀 다른 집으로 변해있다. 가슴이 쿵 내려앉고 다리가 떨렸다.

대문 안에 머리를 디밀자 익숙한 게 하나도 없는 다른 집인데 방문을 열고 나오는 남자 역시 한 번도 본 적 없는 낯선 사람이다. 혹시라도 자신을 알 수 있는 이웃이 있을까? 수소문해 알아보자 아버지는 술로 인해 돌아가시고 아들한테 연락도 안 하고 집을 팔아 어디로 이사 갔다고 한다.

경선이는 '나도 박 조장처럼 혼자구나'라는 생각에 하늘을 쳐다보니 떠다니는 구름조차 외로워 보였다. "아버지! 아버지! 이제는 아버지라는 이름을 부를 수 있는 자격조차 박탈한 겁니까?" 골목길에서 하염없는 눈물이 쉴 새 없이 얼굴을 덮었다. 마지막 아들을 애타게 찾아다니시던 힘 없던 아버지 모습을 가슴에 담아 걸음도 제대로 걸어지지 않는 신발을 끌면서 다시 광도로 돌아올 수밖에 없었다.

광산에 가자 부모님들은 다 무고하시냐고 묻는 말이 왜 그리도 서러운지 "네"하고 간단명료하게 거짓으로 답했다. 광산에 들어가다 보면 난장이 있는데 그곳은 나이가 드신 아녀자들이 석탄에서 돌을 골라내는 작업을 하는 곳이다. 늘 지나치는 장소지만 뒤태가 부인네거나 할머니들이었지만 안 보이던 젊은 뒷모습이 있었다. 한 사람이 또 들어왔나 보다 하고 무심코 지나쳤다.

몇 날이 지나 출근을 하는데 옆을 지나쳐 가는 이가 지숙이 같아 따라가 보았더니 광도 광산 쪽으로 가는 것이다. 그러더니 난장 휴게실로 들어가는 게 아닌가. '아, 그 사람이 지숙이었구나.' 반가움과 놀라움이 한꺼번에 밀려오며 여기서 만나리라고는 생각도 못 했는데 왜 하필이면 난장에서 일한단 말이야. 반갑다고 해야 하나. 망설임으로 하루 일을 마치고 정문을 지나쳐 길에서 기다리고 있었다.

지숙이 역시 도시락 가방을 들고나오는 걸 보고 뒤 따라가 "지숙아" 하고 부르자, 뒤돌아보는 지숙이의 얼굴은 너무나 놀라 창백한 나머지 뭐라고 말을 못 할 지경이다.

"난 경선이야. 나 알겠어?"라고 묻자 고개를 살짝 끄덕였다. 만나면 밥도 사주고 다방에서 커피도 한잔 마신다는 숙제를 풀기 위해 식당으로 잡아끌었다. 동태찌개를 얼마나 잘 먹던지. 찻집으로 옮겨가자, 아버지가 그간 병환으로 계시다가 돌아가시고 어머니 역시 아프셔서 이렇게 돈을 벌러 나왔다는 지숙이 말에 마음이 아팠다. 지숙이를 만나면 재미있겠다는 기대와는 달리 마음이 무거웠다.

지숙이와 밥도 먹고 노래방도 가보고 자주 만나다 보니 근 일 년이 지나자 정이 들어 "지숙아, 나와 결혼해 줄래?"라고 청혼하자 지숙이는 웃는 것으로 답했다. 아주 소박하게 결혼식을 올리고 신혼의 단꿈을 꾸며 사는데 아이가 생기지 않아 늘 새 생명이 잉태되기를 신께 빌며 하루하루를 지냈다.

1980년 4월이다. 전국에서 모여든 광부들이 사북에 모여 이렇게 살다가는 평생 광부로 일하고 퇴직해도 집 한 채도 마련할 수 없는 저임금이라며 인상해 줄 것을 항의하는 노동항쟁이 일어났다. 그 이후 처우 개선으로 퇴직할 때 받는 퇴직금 말고도 보상금이 지원된다는 반가운 일이 생겼다.

더 좋은 소식은 지숙이가 임신했다. 이 세상에서 가장 신나는 일이 벌어졌으니 퇴근하면 집 안 청소도 해주고 호떡, 붕어빵, 때아닌 겨울에 딸기가 먹고 싶다고 하면 무슨 수를 써서라도 사다주고 드디어 결혼 10년 만에 아들이 태어난 거다.

성실한 결혼 생활에 아이 재롱을 보면서 별 탈 없이 지내며 집도 한 채 사려고 마음먹자 지숙은 "퇴직하면 광도에서 왜 살아? 아들을 도시 가서 공부시켜 인물을 만들어야제"라고 하며 극구 말려 월세로 줄곧 살았다.

아이가 초등학교를 졸업하던 해 퇴직을 하게 되어 아쉽기는 해도 퇴직금에 보상금까지 받았으니 먹고 살고 아이 공부시키는데 문제없을 걸 생각하니 마음이 놓였다. 퇴직하고 나자 경선이는 지숙이한테 이제 용돈을 타서 쓰는 신세가 되어 담배도 줄여야 하고 술도 예전처럼 먹을 수가 없어 투정을 부리면 그럼 끊어야지 돈 벌 때와 똑같으냐며 지숙은 우리 세 식구가 여행이라도 가려면 아껴 써야 한다며 목청을 높인다.

퇴직하고 한 달쯤 지나자 지숙은 남편에게 그동안 고생했으니 여행이라도 가자고 하자 처음으로 금쪽같은 아들과 멋진 여행을 꿈꾸며 입을 옷, 모자, 신발 여행용품을 사고 만반의 준비를 했다. 제주도 비행기를 처음으로 타자 비행기가 곧 떨어질 것만 같아 마음이 조마조마하면서도 구름 위에 있다는 게 너무나 신기했다. 이렇게 행복해도 되나 어쩔 줄 몰랐다.

예약해놓은 제주도 호텔에 짐을 풀고 저녁을 먹으러 처음 레스토랑이란 곳에 가서 영어로 된 메뉴를 손으로 꾹 찍어 시키자 지숙은 화장실에 갔다 온다고 자리를 떴는데 음식이 나왔는데도 오지 않아, '화장실에 무슨 일이 생긴 걸까?

아니면 숙소에 간 걸까? 그래 가게에 뭐 사러 갔을지도 몰라' 하며 배고픈 아이에게 저녁을 먹이고 두 시간 동안 아무리 기다려도 오지 않는다. 끝내 파출소까지 연락해봐도 도무지 알 수가 없다.

예약된 이틀이 지나도 나타나지 않아 결국은 아들과 함께 광도로 돌아오자 그동안 모아놓았던 통장과 일시불로 탄 퇴직금과 보상금 그 어느 하나도 남기지 않고 다 가져가 버렸으니 평생 목숨 바쳐 일한 대가가 이거란 말인가? 무일푼 신세가 되어 아들하고 살날이 막막했다.

외로움보다 허탈감, 슬픔보다는 배신감, 억울함 그 무엇으로도 표현하기 어려운 어두운 함정으로 빠져드는 현실에 저항하기조차 힘든 나날이다. 사람 자체를 본다는 게 창피하고 모든 여자가 무서웠다.

처 갓집, 친척 집을 며칠마다 가봐도 감감무소식이고 아들을 키워야 하니 처가 동네에 방 한 칸 마련해 아이 때문에 일용직으로 이따금 나가 끼니를 해결하고 있다. 그보다 더 힘든 건 아이가 엄마가 어디를 갔느냐고 떼를 쓰면 뭐라고 대답할 수 없는 게 더 힘들었다.

아무리 기다려도 처가 집에도 나타나지 않는 지숙이는 무엇 때문에 왜 집을 나갔을까. 혹시 바람이라도, 그건 아니지. 도박 더더욱 아니고 도무지 감을 잡을 수가 없는 수수께끼다.

가난한 처가에서 돈 받아낼 형편도 아니고 2년이 지나자 장모라는 사람도 저세상으로 가버리고 동생 네가 살고 있지만, 누나는 자신들도 모른다며 더 이상 여기 와서 찾지 말라는 언성만 듣게 된다. 날마다 떨리는 가슴으로 부인이 처가집에 나타나기를 소원하며 눈을 떼지 않은 채 한 맺힌 세상을 수년째 살고 있다.

내 검은 얼굴로 시작된 나의 첫걸음이 흑암으로 빠져들어가고 있다. 나는 무엇을 기다리고 있나?

가 시 래 기

10

부순이

10
❈ 부순이

  조반 먹을 때도 안되었는데 짐 보따리를 산
더미처럼 이고 역 대합실을 빠져나온다. 무거운 짐 때문에
땀이 날만도 하지만 워낙 추운 강원도 땅이라 꽃피는 봄이
와야 눈이 녹아내리니 오늘도 여전히 찬바람이 볼때기를 후
려친다. 번번이 있는 일이라 그러려니 한 것이다.

  양말이며 꽃무늬 치마, 비로드, 고무줄 바지, 고무신, 장
화, 여기에다 배추, 파, 양파, 온갖 것들을 파는 잡화 행상이
다. 그래도 벌말 먼 친척 집 마당 앞에서 전을 차려 장사를
하고 있다.

  누가 보더라도 늘씬한 키에 뽀얀 피부, 미모로 보아선 고
생이라곤 구경도 못 한 처자같이 도시 티가 나는 얼굴이다.

가난한 살림에 버티다 못해 꽃다운 열여섯 살부터 장마당에서 살아온 부순이다.

부순이 아버지는 목수를 한다고 하지만 실력이 별반 좋지 않아 일하러 갔다가도 퇴짜를 맞아 되돌아오기를 밥 먹듯 하며 "아니, 그놈들이 나를 뭐로 보고 그따위 소리야? 지들은 얼마나 잘한다고"라고 소리친다. 한 달 반이나 지나 집에 들어오면, 국수 사 먹고 차비 했다며 종이돈 몇 푼 내놓으면 국수와 수제비, 감자만 먹어도 근 3일도 못 가는 양식이다.

아버지는 원래 벌말 사람이지만 청송에 일하러 갔다가 벌말에 집도 한 채 있고 논은 없어도 밭떼기도 있다고 뻥을 치자 밥은 안 굶겠다고 따라온 엄마였다.

산 언덕배기에 집 한 채가 있는데 햇살이 잘 비치는 양지바른 집이지만 등을 벽에 기대면 흙이 뚝뚝 떨어져 내리고 칼바람도 비집고 들어와 허리를 감싸기도 한다. 그래도 집이 있다는 게 얼마나 다행인가! 그런데 그다음 해 가을이 되자 웬 영감이 찾아와 콩 서 말을 내놓으라는 거다.

부순이 엄마는 무슨 콩을 달라고 하는지 도무지 이해할 수 없었지만, 그 집이 남편 집이 아니었다는 것을 일 년이 지난 뒤에야 알게 되었으니 부아가 치밀어도 되돌릴 수 없게 되었다. 그 영감은 평지로 집을 사서 내려가면서 일 년에 한 번씩 받아가는데 웬 놈의 가을이 왜 그리 빨리 돌아오는지 화전을 일구어 콩 농사를 짓지만, 그 영감은 음력 7월만 지나면 콩밭을 수시로 드나들며 이래라저래라 얼마나 유세를 떠는지 이건 잔소리를 뛰어넘어 감시하는 수준이니 영감이 나타나기만 하면 숨이 막힐 지경이다.

어느새 부순이와 남동생 다섯 명이 커가고 있으니 입에 풀칠하기는 여간 힘든 게 아니다. 부순이 엄마가 이따금 이웃집 밭에 가 일을 하지만 종이돈을 주는 게 아니라 나물이며 고구마 깨진 것, 이런저런 것들을 얻어와 먹이는 처지다.

그래도 큰딸 부순이는 국민학교에 입학했다. 가슴엔 손수건을 달고 학교에 가면 키가 커서 맨 뒷줄에 서자 아이들이 꺽다리라고 놀려대곤 한다.

간신히 1학기를 마치고 방학이 되자 아랫마을 정자 아줌마는 "부순이 엄마, 맏이 서울로 보내. 우리가 잘 아는 사장네 집인데 애 봐줄 여식 애를 찾는다네. 잘 먹고 좋은 옷 입고 학교도 보내주겠지. 누가 알아? 출세할 수도 있잖아"라고 하였다.

입에 침까지 흘리며 안달을 하자 부순이 엄마도 마음이 기울기 시작해 3일 밤을 지새우며 보내기로 마음먹었다. 엄마는 "부순아, 서울이란 데는 아주 좋은 곳이래. 너 이제 배 안고파도 돼. 여기 있는 것보다 훨씬 좋아"라고 하며 구슬려 그 아줌마한테 딸려 보내면서 "좋은 것 많이 먹고 이쁜 옷 입고 살아라"라고 했지만, 엄마는 복장이 터진다.

처음 기차를 타자 너무나 신기했다. 집들이 쭉 지나가고 큰 산, 작은 산이 달리기하듯 지나가고 "김밥 있어요. 쫄깃쫄깃한 오징어 있어요. 따끈따끈한 달걀 있어요"라고 아저씨가 말하는 게 노래하는 것처럼 들렸다. 사람들은 맛있는 걸 먹으면서 재미있게 웃고 있었지만, 부순이는 웃을 일이 하나도 없고 근심 덩어리가 온통 머리 안에서 맴돌고 있었다.

청량리역에서 내리자 왜 그리 집이 많은지 또 다닥다닥 붙어있었고 차들도 연신 빵빵거리며 사람들도 무척이나 많았다. '서울은 이상한 곳이네' 하며 정신이 나간 것처럼 온 사방을 살피는데 아줌마는 어느 대문집 앞에 서더니 이 집이라고 하는데 그만 입이 쩍 벌어지고 말았다.

대문 하나가 부순이네 집보다 더 컸고 그것도 부순이네 동네에 하나도 없는 이층집이다. 이런 집은 처음 들어가 보는 거다. 대문에 손가락을 대자 문이 철컥 열렸고 나무와 꽃들도 많이 있었다. 다시 문을 열고 신발을 벗어놓고 또 문을 열고 방을 들어가려면 또 문이 있어 손가락으로 세어보니 문을 네 번 열어야 방에 들어갈 수 있었다. 부순이 네 집은 문이 하나다. 그 문만 열면 연기 나는 것을 보면 저 집은 밥한다는 것을 다 알 수 있었고, 걸어 다니는 사람들 걸음만 봐도 누구인지 다 알 수 있는 동네가 부순이 품에 다 안기고 밤하늘에 별과 달이 방으로 들어와 같이 논다.

아무튼, 이 집은 복잡했다. "안녕하세요?"라고 인사를 하자 "그래, 너 이쁘게 생겼는데 옷이 그게 뭐냐? 당장 저 목욕탕에 가서 깨끗이 씻고 와"라고 하며 입을 실룩거리며 커다란 옷을 주었다. 우물을 푸던 부순이가 수돗물 틀 줄 몰라 이것저것 만지다가 진땀이 날 정도인데 드디어 물을 나오게 하는 데 성공했다.

다섯 살 난 주인집 아들은 부순이가 옆에만 가면 밀쳐내고 물건을 집어 던지고 극성을 떨었다. 아침이면 대문 밖에서 아이들이 학교 가는 소리가 들려온다. 그러면 부순이가 입학했던 그 학교 길가에 핀 코스모스 옆에 있던 개울, 내 친구 영순이, 금순이도 보고 싶고, 학교에 가고 싶다는 생각에 눈물이 찔끔 났다.

사장님은 출장을 간다고 나가면 몇 밤을 지나서 오고 사모님은 매일 어디로 가는지, 아기 잘 보라며 멋있는 옷을 입고 나가 밤이 되어야 들어온다. 아이보고 청소하는 게 얼마나 힘든지 해만 지면 눈이 딱 붙어 곯아떨어지고 만다. 아무리 달력을 보아도 두 달 밖에 안 지났는데 몇 년이 흐른 것 같아도 밖으로 나갈 수 없었다.

하루는 어떤 아저씨가 왔는데 그 사장님은 아닌데 삼촌인가? 그리고 며칠 있다가 또 그 아저씨가 또 왔는데 조금 있다가 진짜 사장님이 오시더니 시끄러운 소리가 나면서 세 명이 엄청나게 싸웠다.

그다음 날 사장님은 부순이를 부르더니 그동안 있었던 일들을 물어보길래 그대로 말했더니 사모님은 당장 집으로 가라고 하며 종이돈 한 장을 주어서 물어물어 용케 벌말에 찾아왔다.

집에 와서 공책에 글도 쓰고, 더하기 빼기도 물어서 하고 아무리 열심히 해도 엄마는 학교에 가란 말을 안 하신다. 서울에 있는 많은 집을 생각하며 난 무엇을 해 돈을 벌까? 미용사가 되어볼까? 아카시아 꽃을 꺾어 머리에 꽂아 보고 아니면 버스 안내양을 할까? "오라이, 스톱!" 방문을 여닫으며 "안녕히 가세요. 빵빵!" 재미있을 것 같다.

그럼 또 무얼 할까? 그래 양장점! 숯 검댕이로 벽에 옷 모양을 그리며 "내가 옷을 만들어 입으면 멋있을 거야"라고 하며 손뼉 친다. 먹을 게 없고 학교에 갈 수 없지만, 남동생들이 밥 달라고 칭얼대는 걸 보면서 '돈을 벌어야지'라는 생각을 늘 머리에 이고 다녔다.

난생처음 엄마를 따라 영월에 가자 호박하고 오이 파는 사람이 있어 우리 집에도 호박 달려 있는데 하며 그래, 그걸 갔다가 팔아야지. "아줌마요, 이 호박 좀 사세요"라고 하면서 식당 문을 열자, 얼마냐고 물었지만 "저는 잘 모르겠어요"라고 하자 한 개에 100원씩 쳐서 400원을 받아 그 돈이 너무 신기해서 손에 쥐고 잠이 들었다.

오이도 팔고 산에 올라가 밤도 줍고 산딸기도 따고 산에서 보물을 캐듯 돈을 만들어갔다. 이제는 영월 가는 차비도 마련해 무작정 기차를 탔다. 영월 시장에 가서 양말 열 켤레 사서 동네 한 모퉁이에서 자판을 열어 열여섯 살에 상인으로 입문했다. "양말 사세요"라는 소리가 모기만 하더니 양말이 팔리면서 목소리는 점점 커 갔다. 양말이 새끼를 치고 고무줄 바지 이것저것 한 삼 년 팔다 보니 언덕을 내려와 집도 한 칸 보증금을 내고 월세방을 얻었고 동생들을 중학교도 보냈다.

부순의 어여쁜 얼굴에 꽃이 활짝 핀 열아홉 살, 그날도 물건을 사러 오는 단골손님이 있었다. 700원이면 천 원 주고 가버리는 그 남자는 일등 고객이었다. 어느 날은 찐빵도 사서 먹으라고 내밀며 자신은 건설업자고 일 년에 집을 3채 짓는다며 이제는 결혼해도 된다며 꼬드겼다.

괜찮아 보이는 남자와 교회를 빌려서 결혼식을 올리고 나서 집이 멀고 하니 우선 여기서 당분간 지내겠다며 부순 네 방 한 칸에 눌러앉았다. 집을 짓기는커녕 막노동을 하며 아침에 갔다가 점심나절에 힘들다고, 누가 뭐라고 해서 기분이 나쁘다고 욕을 버무려 대며 벌렁 누워 버리고 대엿새 간다. 머리를 짓누르는 짐 보따리며 겨울 첫새벽 에워싸는 바람을 면하리라 했던 꿈은 모두 허사였다.

이제는 친정 식구에 이어 남편까지 부양해야 해서 짐은 더 늘었지만, 그것도 괜찮았다. 온종일 하나라도 더 팔려고 발을 동동 구르며 뛰어다니는데 남편은 "너, 그 뽀얀 얼굴로 어느 놈 만나고 와?"라고 하며 윽박지르는 소리가 담 밖으로 흘러넘쳐 동네 사람까지 다 알게 되었다.

살림살이를 집어던지고 부지깽이로 후려치기도 하며 난동을 부리는 가운데도 아들 셋을 두었다. 이제는 슬라브 집한 채 마련해 아이들 방도 한 칸씩 정해준 부순이 마음은 새처럼 하늘을 나는 것 같았다. 남편에게 아무리 결백하다고 해명해도 소용없고 변함없는 폭언과 매는 사그라질 기세가 없다. 아이들은 아버지라고 부르기조차 두려워 주눅이 들어 아버지를 보면 피해 갈 정도다.

사촌 언니는 "너거 신랑 빨리 죽든가, 아니면 너 이혼해라"라며 조여 왔지만, 눈알이 반짝거리는 아이들을 두고 내가 맞아 죽어도 이혼은 안 한다고 대꾸했다. 아이들은 엄마의 등불이자 버팀목이었다.

부순이는 욕을 먹는 것도 매를 맞는 것도 비켜 갈 수 없는 팔자라고 생각했다. 저녁 여섯 시, 아직도 해가 남아있어야 하는데 갑자기 천둥소리와 비는 양철 지붕을 얼마나 세게 두드리는지 장단치듯이 무척이나 시끄러웠다. 연탄불 위에 올려놓은 된장 뚜가리는 쫄아 붙어가는 데 아침에 나간 남편은 아직도 소식이 없다.

다음 날 아침 일찍부터 남편을 찾으러 다리가 부서질 정도로 동네 몇 바퀴를 돌아다녔지만, 아는 이가 없었다. 시오리 떨어진 이웃 마을 다리 밑에서 부순이를 보아도 욕설이나 난동도 부리지 않고 아무런 대꾸 없이 숨소리가 멎은 채 누워있다.

"웬수 같은 저 양반이 여기 왜 있어?" 따뜻한 말 한마디도 안 하고 가버린 남편이 너무나 야속해 "이놈의 서방아, 어쩌자고 벌써 가버리나?"라고 소리치며 화풀이를 해댄다.

"나한테 지금이라도 사랑한다는 말을 정 못하겠으면 '고생한다. 미안하다'라고 좀 해봐. 그 말 한마디만 부탁해. 소원이야."

입에 손을 대고 움직여 보았지만, 요동이 없었다. 장사를 치르는 그 날도 비는 여전히 쉴 새 없이 퍼부었지만, 곡소리 나는 장례식이 아니라 눈동자만 반들반들 한 어린 자식과 모인 이들은 말은 안 해도 속으로 웃고 있다는 기운이 감돌았다.

웬 방이 그리 크게 보이는지 술주정 소리가 사라지더니 한적하다 못해 외로움이 난생처음 찾아왔다. 살림살이도 부동자세로 있었고 폭언과 매질에 성실했던 남편이 사라지자, 그동안 살아온 세상이 아니라 다른 곳에 이주한 이방인처럼 어색한 일상이 시작되었다. 남편이 영원한 곳으로 가 버렸지만 슬프지 않은 것이 맞는 것인지 고민 같은 의문이 생겼다.

일상이 고요한 가운데 돈벌이는 여전히 잘되어 통장은 점점 부풀어 올랐고 아이들도 별일 없이 잘 커갔다. 설움 받던 세간살이도 새것으로 바꾸어도 되는 자유의 몸은 점점 빛을 발하기 시작했다.

그러나 어느 날 장사를 마치고 남편이 소주 안주로 즐겨 먹던 순대국을 한 그릇 사서 정신없이 뛰어와 방안에 들어오자 남편이 없었다. 그제야 '아, 참 저 세상으로 갔지'라며 우물거렸다.

일 년 동안 한 번 살아볼 수 없었던 날들을 평온하게 살고 있는데 어느 날 "형님" 하며 찾아온 앳된 새댁은 커다란 배를 감싸고 있었다.

"아니, 왜 내가 댁의 형님이유? 잘못 찾아오셨네."

"제가 서장수 씨 아이를 가졌습니다."

"아니, 뭐라고? 우리 남편이 없는데 무슨 말이야?"

"그분이 돌아가시던 날 저의 집에 오셔서 하룻밤 주무시고 가신다더니 그만..."

청천 날벼락 같은 소리에 가슴이 돌덩이처럼 내려앉았다. 뇌에서 균열이 일어나고 온 사물이 흔들렸다. 잊혀 가던 분노는 날개를 펴며 다시 살아나 나에게 줄 것이 더 없어서 가혹한 처벌을 주는 건가! 눈물이 앞을 가려 휘청거리는 몸을 간신히 기둥을 붙잡고 지탱했다. 그러자 여린 처자는 옥분이라고 하며 "형님, 정말 잘못했습니다"라고 하며 무릎을 꿇더니 머리를 땅으로 조아렸다.

서 씨의 피를 물려받았기에 어쩔 수 없이 집안으로 데리고 들어갔다. 운명에 더한 운명을 받아들일 수밖에 없었다. 우렁찬 소리를 내며 낳은 아이는 서 씨 집안에 넷째 아들로 태어났다.

정신없이 달려오느라 정작 자신이 낳은 아이는 사랑을 줄여유도 없었고 기쁨을 누려본 기억도 없는데 마흔이 넘어아이를 보자 '아이가 이토록 예뻤단 말이야' 신기할 정도로 보고 또 보고, 남편에 대한 미움을 덮을 정도로 사랑스러웠다.

이름도 창성할 '昌' 동녘 '東' 서창동이라고 지었다. 드디어 돌을 맞이해 난생처음 커다란 돌상을 차려놓고 아이가 돈도 집고 실타래와 연필을 쳐들어 반드시 출세할 것 같아 입에서 침이 절로 흘러내렸다.

집마다 떡을 돌리고 돌사진도 커다랗게 찍어 벽에 걸고 행복함이 몸 밖으로 새어 나왔다. 커가는 아들들은 "어머니, 그러실 수 있으세요?"라고 질투하면 "아들들아, 미안하다. 나 이제야 이 아이가 이쁜 걸 어떻게..."라고 하며 사죄했다.

그날도 장에서 돌아오자 대문 밖에서 아이 울음소리에 다리부터 떨면서 들어서자, 막내 창동이가 기어서 문지방을 내려와 부뚜막을 붙잡고 콧물을 뚝뚝 흘리는 게 아닌가! 애 엄마는 변소에 아니면 가게에 갔을까 하고 찾아보았지만, 옥분이는 영영 돌아오지 않았다.

마흔이 넘어 본격적인 엄마의 행위가 시작되면서, 아이는 입이 떨어지자 "엄마, 엄마"라고 부를 때면 가슴이 부풀어 올라 뜀박질했다. 이제 4남매를 둔 부자 엄마가 되었다. 자신이 배 아파 낳은 아이들보다 10배 이상 정을 쏟으며 학교에 데려다주고 소풍이나 운동회 때 장사를 마다하고 따라가는 충성된 엄마였다

그럴 때면 큰아이들은 또 못마땅한 말투를 내뱉어낸다. 소풍이나 운동회를 돌아볼 여유도 없었으니 어쩌겠나. 돌이킬

수 없는 세월을 한탄하며 한숨을 뿜어낸다. 학교에 가면 "창동이 할머니 오셨습니까?"라고 하는 눈치 없는 선생들을 만나도 기쁨이 파도처럼 스며든다.

아이가 아빠는 어디 있냐고 물을 때면 숨이 멈추듯 입도 말문을 닫으며 숨 고르기를 한 다음 "아빠가 보고 싶냐?"라고 물으면 눈을 동그랗게 뜨고 "응" 하고 콧소리까지 들려온다. "그런데 엄마는 내 진짜 엄마야?"라고 하면서 "사람들이 내가 지나가면 '제네 엄마 어디로 간 거야?'라고 하면서 말을 하는데 그게 무슨 말인지 모르겠어"라고 한다.

어떻게 그 아이한테 "네 엄마가 너를 두고 가버렸어"라고 말할 수 있겠나. 이제 5학년 아이에게 몹쓸 소리를 할 수 있겠나. "네 엄마는 나야"라고 하며 도장을 찍듯이 애써 강조한다.

그리고 그 애 앞에서 떠들었던 수동이 엄마를 찾아가 "이 여편네야, 우리 창동이 앞에서 뭐 엄마가 아니라고 떠들었어?"라고 하며 삿대질하자 수동이 엄마는 "아니, 애 엄마가 아닌 걸 아니라고 사실대로 말하는데 그게 뭐가 잘못 된 거야?"라고 하며 악다구니를 하면서 "자꾸 그러면 학교에 가서 창동이 엄마는 도망갔다고 광고를 할까?"라고 하며 고개를 빳빳이 쳐들자, 부순이는 그만 땅바닥에 주저앉자 "수동이 엄마, 나 좀 도와줘. 우리 창동이 교육자로 만들 거야. 제발 좀 부탁해"라고 하고 두 손을 빌자 "진작 그렇게 나올 것이지"하며 기세등등하다.

창동이가 초등학교를 졸업하자 강릉으로 중학교 보내기로 하고 자그마한 방을 얻어 이른 새벽 장에서 물건을 사와 서둘러 팔고 다시 강릉으로 가 저녁도 해먹이고 다시 새벽 기차로 영월로 향하는 고단한 몸이지만 창동이가 주는 힘으로 살아가는 것을 느끼게 한다.

창동이는 강릉에 있는 학교에 다니며 엄마의 정성을 고맙게 생각하며 공부도 잘하고 귀염을 독차지했다. 창동이의 길은 탄탄대로로 가고 있어 부순이는 꿈같은 세월을 보내고 있었다

창동이가 고등학교에서 수업을 마치고 나오는데 웬 아주머니가 "얘, 나 좀 보자"라고 한다.

"저요? 왜 그러세요?"

"내가 니 엄마다."

"아니, 무슨 말씀이세요? 저희 엄마는 지금 벌말에 계세요. 잘못 찾아오신 거예요?"

"그래, 벌말. 네 형은 창순이, 창학이, 창주잖아? 네 아버지는 서장수이고 니 생일이 음력 7월 8일이야."

"내 생일이 맞는데."

'어떻게 나에 대해 저렇게 다 알고 있을까? 그래, 동네 아줌마들이 말한 게 맞는 건가? 엄마가 너무 늙으신 것도 아빠가 안 계신 것도...'

많은 생각이 영화처럼 스쳐 갔다. 아무 말 없이 고개를 숙이고 있자 "너 사는 집 어딘지 가보자"라고 하며 계속 따라오더니 방 차지를 하고 비켜서질 않는다. 창동이는 "우리 엄마가 나를 어떻게 키웠는데..."라고 하며 닭똥 같은 눈물이 볼을 타고 끊임 없이 흘러내린다.

엄마라는 여자는 코 고는 소리만 낼뿐 감감무소식이다. 가방을 들고 나섰지만 "공부가 무슨 소용이 있어. 내 인생이 이렇게 박살 나고 말았는데..." 라고 하며 바닷가를 맴돌며 게임방, 노래방 이리저리 헤매어도 갈 길이 없는 사막 같은 곳에서 길을 잃은 양이었다.

'이 여자, 엄마라고 하는 사람이 나타나지 않았다면 난 지금 무척 행복한데...' 라며 첫날은 그래도 집으로 들어갔다. 아직도 누워 잠만 자고 있는데 방구석에는 소주병도 함께 누워있었다. 창동이도 맥주 한 캔을 사서 한번 먹어보았다. 맛은 없는데 괜히 머리가 흔들리고 기운이 쫙 빠진 것 같고 원래 정신이 아닌 딴 세계에 온 것 같은 느낌이었다.

'아, 맥주가 이런 거구나. 그럼 소주는 어떨까? 맛은 쓰기는 한데.' 맥주보다 더 힘이 센 기운이 창동이를 사로잡았다. 3일 동안 이곳저곳을 헤매다 하숙집에서 잠들어버렸다.

　성실한 창동이가 무단결석이 3일 동안 이어지자 학교에서 보낸 전보는 창동이가 학교에 오지 않는다는 거다. 부순이는 걸음이 걸어지지 않는다. 물건을 순식간에 다 치우고 택시를 탔는데 거북이가 따로 없었다. 빨리 달렸으면 좋겠는데 마음과는 달리 무척이나 느리게 가고 있었다. '우리 창동이가 어디를 갔단 말이야? 혹시 바다 아니면 사고가 난 걸까?'

　아무리 생각해 봐도 알 길이 없었다. 창동이네 집에 들어서자 웬 여자가 코를 골고 있는 게 아닌가. 분명히 여기는 창동이네 집, 창동이 옷도 있고 살림살이가 그대로인데. "여보세요? 누구신데 여기서 자고 있어요?"라고 하며 말끝을 올리자 입에서는 침이 뚝뚝 떨어트리며 흐트러진 머리 사이로 "아이고, 형님"라고 하며 실눈을 크게 뜨며 쳐다본다.

　부순이는 가슴이 덜컥 내려앉았다. 뭐라고 말할 기력이 없어 눈물이 왈칵 쏟아져 내리며 "우리 창동이, 우리 창동이가 없어진 게 네년 때문이구나. 우리 창동이 내놔. 어디 갔어?"라고 하며 울부짖자, "형님, 창동이가 죽기라고 했단 말이어요?"라고 하며 냅다 큰 소리다.

"왜 이리 유난을 떨고 그래? 에미도 가만있는데. 창동이가 가긴 어딜가유? 학교 갔지. 학생이 학교 가지 어딜 가냐고?"

부순이는 다시 학교로 찾아가자 3일 동안 안 왔다는 거다. 식음을 전폐하고 부뚜막에 앉자 기다리고 있는데 뒤늦은 저녁에 창동이가 힘없이 들어오자 "창동아, 어디 갔다가 이제 와?"라고 하며 껴안으려 하자, 등을 돌리며 방안으로 들어 가 버렸다.

"창동아, 미안해. 네가 상처받을까 봐 말을 못 한 거야. 용서해다오."
"어머니, 언제까지 숨길 생각이셨어요? 두 어머니 다 인정 못 해요?"
"형님, 아들은 원래대로 제가 데려가겠습니다."
"아니, 네가 무슨 자격으로?"
"지금 무슨 자격이라고 했어요? 제가 배 아파 놓은 거 잊어버리셨나? 이 애가 어디 하늘에서 거저 떨어졌나? 애, 내가 지은 네 이름은 영철이다. 영철아, 짐 싸! 짐 싸라고!"

엄마가 호들갑을 떨자 아무런 대꾸 없이 창동은 또 나가 버렸다. 부순이는 "창동아!"라고 하며 따라갔지만, 빠른 걸음을 이길 수가 없었다. "제 아들 안주면 여기서 같이 살 테니 그리 아시고 생활비 보내주세요"라고 하며 벌렁 누워 버렸다.

잔칫집에서 주문해 놓은 옷 때문에 벌말로 돌아올 수밖에 없었다. 아들은 절대로 돌려줄 수가 없고 그렇다고 생활비를 대주는 것도 너무나 억울해 며칠 동안 슬픈 나날을 보내고 다시 강릉으로 넘어가자, 창동이 네 집에는 그 여자가 버젓이 있고 웬 남자도 다녀갔다.

강릉 시장이며 학교 주변 곳곳을 누벼봐도 찾을 수가 없어 벌말로 돌아왔다. 그날부터 몸져누우며 장사도 나가지 않고 눈물로 하루하루를 보내며 창동이만 생각했다.

다시 강릉에 가보니 옥분이가 전세금을 빼내어 갔다고 한다. 어쩌겠나! 한숨을 끌어안고 돌아왔다. 밥을 굶지나 않을까? 아니면 나쁜 애들이나 만나지 않을까? 빌고 또 빌며 세월이 나를 도와주기를 기다리고 있었다.

이제는 한 장소에 앉아서 물건을 팔기는 속이 터져 창동이가 어디에 있을까 보따리를 이고 태백으로 삼척까지 팔러 다니는 장돌뱅이가 되었다. 미모의 여인이 나타나자 장마당에서는 염탐하는 기미다. 남편이 없다는 걸 알고 사내들이 점점 꼬드기기 시작했지만 부순이 머리에는 온통 창동이밖에 없었다.

창동이는 집을 뛰쳐나가 갈 곳이 왜 그리도 없는지. 거리
를 헤매다 불빛이 번쩍거리는 철공소 앞에 멈춰 섰다. 시뻘
건 쇠를 망치로 두드리며 불빛이 튀면서 쇠 모양이 만들어
져 갔다. 홧김이 저거라도 신나게 때려보았으면 하는 마음
에 "아저씨, 저거 한번 해 보면 안 돼요?"라고 묻자 "그래,
한번 해봐라"라고 한다. 힘을 주어 힘껏 두드리자 아주 납작
한 칼이 만들어지고 창동이 마음에 든 화도 사그라들었다.

때는 점심때라 아주머니가 머리에 이고 온 보리밥과 콩
나물무침이 들어있어 벌말 어머니가 생각나 물끄러미 보고
있는데 "이늠아. 일했으면 밥을 먹어야지"라고 하며 숟가락
을 쥐어 주었다. 어제부터 굶은 뱃속에서는 환영하며 받아
들었다

그 인연으로 철공소 일을 하게 되어 칼과 망치, 낫을 곧잘
만드는 기술자가 되었다. 주인이 글씨를 몰라 창동이가 계
산도 잘하지만, 계산서도 써주고 외상값도 척척 알아서 적
어주니 주인은 입에 기쁨이 넘쳤다.

주인은 딸이 있어 사위로 삼아볼까 하는 요량으로 "창동
아, 너 학교마저 해라"라고 하며 구슬려 학교를 보내자, 틈
틈이 일도 잘 도와주며 고등학교를 마쳤다.

벌말에 계신 어머니가 보고 싶어 벌말에 가자, 여전히 물
건을 파느라 난전에 앉아 있었다. 곱디고운 얼굴에도 주름

이 늘어났지만 뽀얀 얼굴은 그대로였다.

"어머니, 저는 지금 못 나타납니다. 저를 교육자로 만들겠다고 하셨지요. 사범학교에 합격해 어머니 소원을 이룰 겁니다"라고 하며 소리쳤다. 군 복무도 벌말에서 가까운 부대로 지원해 보초를 서면 어머니를 볼 수도 있고 군인 트럭을 타고 다니면서 옛 생각에 잠기기도 했다

드디어 사범학교를 마치고 영어 선생이 되어 세 개 학교를 거쳐 워낙 뛰어난 실력이라 서른여섯 살에 시골 학교 교장이 되었다. 어느 날 학교에서 난데없이 방석을 주문하겠다며 오시라며 차가 없으니 모시고 가겠다고 하자 차에 올라탔다. 드디어 교장실로 들어서자 교장이라는 사람이 무릎을 꿇으며 "어머니, 저 창동입니다"라고 하였다.

부순이 머릿속에 든 아들은 저 아들이 아니었다. 몸을 휘청거리면서도 눈에 들어온 명패는 서창동이라고 쓰여 있었다. "내 아들이 이렇게 늙었단 말이야? 그 이쁜 아들이"라고 하며 바닥에 눕고 말았다. 이게 무슨 일이야 입에서 침이 흘러내리고 다리가 부들부들 떨리고 천장이 빙글빙글 도는 것 같아 정신을 차릴 수가 없다.

"어머니, 저 교육자 시킨다고 하셨잖아요. 그래서 제가 못 나타난 겁니다." 다시 비틀거리며 일어나 창동이를 끌어안으며 "야속하다! 야속하다!" 울부짖으며 "우리 아들 크는 걸

내가 봐야 했는데"라고 하며 가슴팍을 두드린다.

"어머니, 제가 어머니가 보시는 앞에서 결혼식을 하려고 지금까지 미루었습니다. 제 처 될 사람을 만나러 가시자고요"라고 하며 철공소로 향했다.

가장 좋은 옷으로 머리에 휘날리는 흰 빛깔의 머리도 염색하고 어느새 손에든 지팡이로 연신 허리를 펴며 가장 기쁜 결혼식을 치렀다.

아직도 어디선가 남자의 목소리만 들려오면 벼락같은 욕설이 메아리쳐 뇌리를 휘젓고 다니고 꿈속에서도 옛 환상이 살아나 울다 잠을 깨는 일들을 번번이 치르지만...

그래도 내 막내아들 창동이를 내게 준 것 하나만은 고맙다고 말하고 싶다.

초판 1 쇄 _ 2022년 11월 28일

지 은 이 _ 우애자

펴 낸 이 _ 김현태

디 자 인 _ 디자이너 장창호

펴 낸 곳 _ 따스한 이야기

등   록 _ No. 305-2011-000035

전   화 _ 070-8699-8765

팩   스 _ 02- 6020-8765

이 메 일 _ jhyuntae512@hanmail.net

따스한 이야기 페이스북, 인스타그램

https://www.facebook.com/touchingstorypublisher

https://www.instagram.com/touchingstory512

따스한 이야기는 출판을 원하는 분들의 좋은 원고를
기다리고 있습니다.

가격 14,000원